エリート警視正と再会を果たしたら、
内緒の双子ごと迸る独占愛で包まれました

プロローグ

彼は優秀な警察官だ。

幾多の事件を解決に導き、他人《ひと》の心を読むのはお手の物。だから一緒に暮らし始めて以来、一方的な恋心を隠してきたのに……。

いわゆる誘導尋問だろう。

私の本音を巧みに引き出し、彼は慈しみの眼差しを捧げる。

「今夜は君が飽きるまで言わせてくれ」

「あ、あの」

「好きだ、本当に……」

あまりにも急展開で思考が追いつかない。

そんな私の自覚を促すように唇が攫われた。

始まりは触れるだけのキス。そのうちに唇を食まれ、彼の熱が直に伝わる。

口内を隈《くま》なく愛され、息継ぎごとに見つめて。瞳の虹彩《こうさい》が分かる距離感で改めて思う。本当に素敵な人だと――。

彼は千家湊士《せんけみなと》さん。三十三歳にして警察組織での階級は警視正だ。組織の中枢を担う、数少ないエリートで将来を嘱望《しょくぼう》されるひとり。

立派な肩書のみならず彼の美貌は俳優をも凌駕する。

鋭利な瞳に高い鼻梁。黒髪を優美に流し、雄々《おお》しい体躯でスタイルまで抜群。

彼は旧財閥の出自だ。名家の血がさせるのか、滲み出る品の良さから高級スーツが嫌味抜きに似合う。

以前、私は彼の恋人役を演じた。それから事件に巻き込まれていまに至っている。

「んっ……」

吐息混じりの水音に肌が粟《あわ》立つ。聴覚まで刺激されたらもう腰砕け。

くたっとソファに寄りかかると低い呟きを私の耳が拾った。

「すまない。タガが外れた」

「平気です」

ここで終わったら元の関係に戻りそうで怖い。

縋るように瞳で訴えると、筋張った指がそっと頬にあてがわれた。

「それじゃあ遠慮はしない。すべてを暴くまで終われないな」

蠱惑的《こわくてき》な微笑をもらい、欲を露わにした素顔に身震いする。

理性が削がれたのは彼だけじゃない。
奮発したワインよりも甘美なキスに酔いしれつつ、これまでの日々を思い返した。

1

北風が吹きすさぶ一月、私は戸惑いを隠せずにいた。

「私に……お見合いですか？」

和風家屋の一階、広さ八畳の畳敷きで身上書《しんじょうしょ》を受け取る。ひとまず表紙を開けると、一般的な自己紹介文が見えた。

あーあ、ついに私にまで話がきちゃった。

ここは私の実家だ。そして膝をつき合わせる女性は隣家の木村《きむら》さん。

今年、六十五歳を迎える彼女は『世話焼きばあさん』の名で知られている。他界した私の祖父とは茶飲み友達の間柄だった。

彼女の生き甲斐は結婚の仲人《なこうど》、この界隈の若者は年功序列で彼女の餌食《えじき》……いや、厚意の身上書を一度はもらう噂がある。

「仕事に熱心なのは感心だけど、やっぱり女性は子供を産んで家庭を持ってこそだと思うのよねえ」

「でも、まだ二十六ですし」

「随分呑気ねえ。三十を過ぎたら嫁のもらい手が選べなくなるのに」

へえ、やっぱりそうなんだ。

ふと、美容院で見かけた雑誌の記事が脳裏に蘇る。

その記事を書き綴ったライターによると、二十代と三十代では市場価値が段違い。

更に年を重ねると、仕事でも婚活でも需要の差は広がるのだそう。

たった数年の違いで何が変わるっていうの？

セミロングに髪を切られつつ、私は不満を覚えた。

同時に諦めも感じていた気がする。時代が生み出す価値観や偏見。それは頑《かたく》なで、たったひとりの力では抗えないものだから……。

私は沢木春菜《さわきはるな》。三十路《みそじ》に向かう二十六歳で、身長は一六〇センチ。

やや細身で大病はなく、特技はピアノと折り紙。保育士だから子供が大好き……と、
私の身上書を作ったら、こんな感じに仕上がるだろう。

よほどいい縁談なのか、お茶を啜る木村さんはどことなく得意げだ。

確かに、私には勿体ないくらいの人だなあ。

胸中で呟きながら身上書に目を走らせる。

テーブル越しの彼女が自信をほのめかすのも納得だ。

相手の男性は学歴も職歴も申し分ない。

もし他界した母に相談ができたら『いいじゃない』と喜びそうとも思う。

それでも気乗りしない。木村さんには申し訳ないが、相手がどれだけ立派でも会うつもりはなかった。

なんて言って断ろう。いっそのこと素直に打ち明けてみる？

その選択肢は逡巡《しゅんじゅん》の末にやめておく。報われない片想い中だと知られたら、木村さんがますます呆れそうだから。

うーん、どんな断り方がベストだろう。

悶々と悩んだ矢先「失礼します」と背後の引き戸が開いた。

板張りの廊下から現れたのは千家湊士さん。彼は一挙手一投足《いっきょしゅいっとうそく》が美しい。柔和な笑みからは育ちの良さが窺えた。

「木村さん、申し訳ありません。そろそろ春菜さんと出かける時間でして」

「あら、予定があるのね」

言葉を交わすふたりは顔見知りだ。彼の話を受けて木村さんが腰を浮かせる。

「それじゃあ春菜ちゃん、よく考えておいてね」

「えっ……ああ、はい」

気もそぞろになり、つい曖昧に言葉を濁した。

それは千家さんの言動に違和感を覚えたせい。

三人で和室を離れ、木村さんを戸口まで見送る。彼女の姿が視界から消えるなり、一八〇センチを優に超す彼を見上げた。

「出かける予定なんてありませんよね？」

「あるよ。お礼がしたいって言ってくれただろう？　この後時間があるなら付き合って欲しいんだ」

ああ、そういうことね。

このところ彼には世話になりっぱなし。

感謝の気持ちは言葉だけじゃ足りない。何らかの形でお礼をしたいと思っていたし、彼の提案は渡りに船だ。

「喜んでお付き合いします。すぐに出かける準備をしますね」

「それじゃあ、部屋の戸締まりは俺がしておく」

「ありがとうございます」

遡ること十二年前、いまは取り壊された図書館で私達は知り合った。その出会いを機に千家さんは私の家族とも親しくなり、長い年月が流れている。

聡明で美しい彼は私より七歳年上。

年の差もあるため、知り合った当初は憧れの存在だった。それがいまや顔を合わせるだけで胸がときめく。

ふたりで外出かあ。恋人気分が味わえちゃいそう。

私は心を躍らせて自室へと足を進めた……。

五年前、旅行先の事故で母と祖母が他界した。そして今度は、この家で共に暮らした祖父まで病で旅立った。

私にとっての家族はその三人だけ。物心がつく前に両親が離婚して母に育てられたからだ。

父との思い出は片手で数える程度で、両親の離婚後は一度も会っていない。父方の親戚とは交流がなく、祖父はひとりになる私が心残りだっただろう。

医師からの余命宣告を受けて動き始めた。

『この家を売って、春菜に少しでも遺産をやるからな』

ここは先祖から受け継いだ土地だ。家屋にだって家族との思い出があるだろう。

それでも祖父は家を売りに出し、千家さんと会う機会を頻繁に設けた。

『湊士は頼れる男だ』と常々零していたから、自分が亡き後を彼に託したのだと思う。

葬儀はもちろん、遺産手続きに四十九日。

人が亡くなると何かと慌ただしい。顧みると、千家さんが親身になってくれたから

祖父の死を悼む時間が取れた。

今日だってそう。仕事だって多忙なのに、こうして遺品整理を手伝ってくれている。

おじいちゃん、また千家さんが来てくれたよ。

板張りの階段を二階に上がりつつ、私は窓から空を仰ぐ。

風に煽られた雲は逃げ場を失い、散り散りになって空を彷徨《さまよ》っていた。そこにいるだろう祖父、沢木辰樹《たつき》は元警察官だ。

定年前に籍を置いたのは『県警本部・捜査二課』。若い頃から地道にキャリアを築き、警察官なら誰もが憧れる刑事部に配属された。

二課が扱う事件は贈収賄《ぞうしゅうわい》から横領等の経済事件、更にはマニュアル化された組織犯罪と幅広い。

千家さんは祖父が定年した数年後、そこの課長職に就いた。

彼は国家公務員として警察庁に採用された、いわゆる『キャリア組』。およそ三十万もの警察官を率いる、将来の幹部候補生のひとり。

彼が二課の指揮を執った頃、捜査は行き詰まっていた。

捜査官が苦汁を舐めさせられたのは、祖父も長年追った犯罪グループだ。

組織犯罪の根絶は難しい。

犯罪が発覚しても逮捕に至るのは末端のみ。ピラミッド型の頂きにいる主犯は海外のサーバーを経由して指示を出すため、その特定は困難を極める。

彼等の手口は巧妙で、千家さんは情報解析に長けた捜査チームの設立を上層部に直訴したそう。

『成果が出なければ私を左遷してください』

並々ならぬ覚悟で熱願したのは『俺達では太刀打ちできません』と、悔しがる部下達の声を真摯に受け止めたから。

そうして『知能犯対策・特別捜査チーム』――、略して『トクシツ』が誕生した。

成果が出たのは一年後、トクシツは巨悪の犯罪組織を一網打尽にし『よくやってくれた』と、祖父は顔を皺くちゃにして喜んでいた。

トクシツを率いた千家さんは、その功績を手土産にエリート街道を邁進中。

いまは警察庁の課長ポストに収まった。そこでは県警での経験を活かし、警察組織の改革に取り組んでいる。

そんな彼は国内最高学府の出身。

警察も一般企業とそれほど変わらず派閥がある。高みを目指すなら政治力が必要らしいが、上層部は千家さんを高く買っているそう。

『警察の未来は明るいな』

病に身体を蝕《むしば》まれながらも、祖父は希望に満ちた表情でよく零していた……。

思いがけず片想い中の彼と外出することになった。

千家さんと出かけるなら、おしゃれをしたいな。

広さ六畳の自室に着くなり、まずはクローゼットと向き合う。そのドアを開け、つり下がる洋服とにらめっこをした。

いまの私はブルージーンズにグレーのスウェットという恰好だ。

家で寛ぐには最適でも色気は皆無。彼は仕立てがいいスーツだから、少しでもつり合いを取っておきたい。

そうだ、あれにしよう。

グレージュの色合いが上品なニットのワンピース。

袖を通さずに眠らせた存在があった。値札付きのそれは一年ほど前に購入したもの。

珍しくひとめ惚れしたのに、これまでずっと着る機会がなかった。

これを買った直後に、おじいちゃんの体調がおかしくなったんだっけ。

心の呟きに呼応して、ほの暗い記憶が私の脳裏を過ぎていく。

友人との待ち合わせを忘れたり、家の戸締まりをしなかったり。

最初は年齢からくる物忘れだと思った。

病院嫌いなのも祖父にとっては不幸のひとつ。日を追うごとに病状は酷くなり、病院を訪ねた頃にはもう病が全身を蝕んでいたから。

それからの一年は慌ただしかった。

私の生活は職場と病院の往復で終わり、最近までこの服を買ったことすら忘れるほどだ。

いつまでもくよくよしてたら、おじいちゃんに叱られちゃうよね。

四十九日が過ぎたいま、ようやく心の整理がついた。

値札を外してから袖を通し、千家さんが待つ和室へと戻る。線香の香りが漂う室内に足を踏み入れたら、彼が何かを眺めていた。

あれって……。

彼が読みふける手帳は見覚えがある。

不意に懐かしさが込み上げて、ぽろっと口からついて出た。

「その手帳、私がおじいちゃんにプレゼントしたんですよ」

「ああ、そう聞いてるよ。『春菜はセンスがいいんだ。高級品だぞ』って、よく自慢されたからね」

おじいちゃんったら、そんな話までしてたの⁉

確かに、当時の私には高級品だ。

でも、冷静に考えたらそうでもない。購入先は近所の商店街でセール品だった。あの頃は高校生で手持ちが少なく『高かったんだからね！』と見栄を張っただけ。

おじいちゃん、ごめんね。実はそこまでじゃなかったんだ……。

仏壇には亡くなった家族の写真立てがある。三つ並べた中央、口元を引き締めた祖父に手を合わせたい。

そんな私をよそに、千家さんが声音を深刻にする。

「これは春菜さんにとって大事な物だろう？　本当に俺がもらってもいいのかな」

「もちろんです。それがおじいちゃんの遺言ですから」

手帳の中身を私は知らない。

他界した祖父は警察官、しかも事件の捜査にあたった元刑事だ。

些細な日常を綴っただけならいい。けれど、事件の記録が僅かでもあるなら私は見るべきじゃない。

祖父もそう考えて『日記代わりの手帳は湊士に渡して欲しい』と遺言を残したと思うから。

おじいちゃんって、本当に千家さんを信頼していたんだな。

ふと窓の外に視線を移し、茜色の空まで思いを馳せた。

実家の築地《つきじ》から銀座《ぎんざ》までは車ですぐだ。

千家さんが車を出してくれ、私達は銀座の一等地にいた。

ここは都心でも飛び抜けて地価が高い。老舗百貨店とハイブランド店が並び、日曜の夕方だからか買い物客で溢れ返っていた。

街を歩く人々は様々で、とりわけ年配の方はどことなく上品に見える。彼等の優雅な振る舞いは、この界隈に高級感をもたらしていた。

千家さんのお目当ては名の知れたハイブランド店だ。

石畳のエントランスにはドアマンがいた。彼は威厳を備え、いかにも高級店の門番という佇まい。イヤフォンマイクを装着した彼のアナウンスで、そそくさとマネージャーらしき女性が現れる。

「千家様、どうぞこちらへ」

慇懃《いんぎん》に微笑む彼女に促され、千家さんが足を進める。行こうと目で促され、上質な絨毯の先を私も急いだ。

やっぱり千家さんとは住む世界が違うな。

慣れた様子からするに、千家さんはこの店の常連だろう。

彼に好意を抱いてすぐ、私は心に蓋をした。どう考えても彼とはつり合わない。その自覚があったから……。

彼は旧財閥の出自だ。母方の一族は巨大企業グループを構え、長きに渡って日本経済を牽引してきた。

そして父親は『千家誠一郎《せんけせいいちろう》』。

彼は国会中継でおなじみの政治家で、政界に疎い私でも知るほどの大物だ。世間の認知度も高く、次の選挙でも当選が確実視されている。

千家さんはふたり兄弟の次男で、父親の地盤は兄が継ぐらしい。

その兄は政治家の娘と結婚した。

結婚は家柄が大事だし、千家さんもきっと相応しい相手と結ばれる。

考えるまでもなく私の出る幕はない。

そう諦めていても、こうして顔を合わせると駄目。意に反して心は躍るし、誘われたら断れない自分がいる。

いつかは今日のことも思い出になるんだろうな。

心の呟きに胸を痛めた矢先、突き当たりの部屋に着いた。

案内された室内には優雅なクラッシックが流れ、応接セットの他にフィッティングルームが完備されている。

予想するに、ここは上客専用のゲストルームだろう。

そわそわと落ち着かない私をよそに、千家さんは革張りのソファに腰かける。優雅に足を組む様子は場慣れして、やはりこの店の上客と確信した。

そういえば何を買うんだろう。試着室ならスーツとか？

彼はモデル体型だし何を着ても様になるはず。

これじゃあ『お礼』じゃなくて、私にとってはご褒美になっちゃう。

抜群に素敵な彼を想像して胸がときめいた、その時――。

「春菜さん、そのままで」

不意な呼びかけに私はビクッと肩を竦める。

「あの……」

「駄目だ。動かないで」

飛んできた声音には若干棘《とげ》があった。

何事だろうと恐々と視線だけを横にずらし、途端にドキッとする。

彼はソファで足を組み、顎に手を添えて私をじっと窺う。射貫くような眼光は矢のように鋭く、心まで見透かされそう。

そのうちに形のいい口元に微笑が浮かぶ。漆黒の瞳は弓なりに弧を描き、やがて優しい色を帯びていった。

愛しさに似た眼差しを受け、たちまちに顔が上気する。

ど、どうして……そんな目で見るの？

鼓動の煩さは尋常じゃない。

さながら全身が焼かれたように熱くなると、千家さんが視線を外した。

「マネージャー、彼女には新作のワンピースが似合いそうだ」

「かしこまりました。ただいまご用意いたします」

ひょっとして試着するのは私なの⁉

恭《うやうや》しく辞儀をされて当惑を隠せない。彼女の退室を待って訴えた。

「勝手に困ります。試着したって私のお給料じゃあ買えませんから」

「俺が払う。今夜のパーティーで同伴をお願いしたいから」

「私が……ですか？」

なぜそうなるのか、ますます戸惑うばかりだ。

「女性ゲストが厄介でね。春菜さんにそばにいて欲しいんだ」

彼は肩を竦めてソファから腰を浮かせる。その含みを利かせた物言いに深く納得した。

なるほど、女性に群がられちゃうんだ。モテる人って苦労が多そう。

確かに、私がそばにいたら女性除けになるかもしれない。

「分かりました。でも、お洋服はいただけません。私には勿体ないですから」

「予想通りの答えだな。だから黙って連れてきたっていうのに」

千家さんはククッと肩を揺らし、私との距離を詰めてきた。

たった二歩近寄っただけ。それでも私の鼓動は速まるばかり。

彼はどれだけ私を手玉に取るつもりだろう。

惹きつけてやまない微笑を視界から追い払う。せめてもの抵抗で顔を背けた瞬間、
低い囁きが耳朶《じだ》を掠めていった。

「その服も素敵だけど、俺にも見繕わせて欲しいな」

「ずるいです。そんな風に言われたら……」

熱い吐息がくすぐったい。唇も僅かに触れた気がする。

それだけでドキドキと心拍数が上がるのに、彼は気にする素振りがない。距離が近いせいか、普段より声が色気を帯びて聞こえた。

「断れない？　ああ、分かってる」

艶めいたハスキーヴォイスをあてられ、いよいよ耳朶が燃え滾りそう。

これ以上の反抗は無駄だろうな。

彼との付き合いはそれなりに長い。だから私達は性格を熟知している。

「そこまで言うなら甘えちゃいます」

ここは素直に観念するしかなさそうだ。

あえて悪戯っぽい表情を作ったら、彼は満足げな笑みを湛えた。

空が漆黒のカーテンに覆われた時刻、私達は名の知れた高級ホテルに赴いた。

千家さんのエスコートで足を運んだ会場は豪華《ごうか》絢爛《けんらん》な造りだ。

壮大な空間にはシャンデリアが配され、窓越しにはビル群が煌びやかな姿を浮かべている。

十八時スタートの会は立食式のスタイルだった。

数百名のゲストが招かれ、主役は千家誠一郎。私の同伴者、千家さんの父親だ。

政治家のパーティーって、こんなにゲストが集まるものなのね。

壇上でのスピーチに耳を傾けていたら、滞りなく挨拶は終わる。すぐさま「先生」とゲスト達が彼を取り囲んだ。

「変わらぬご支援をいただけますと幸いです」

近い将来、千家誠一郎は政権の役職に就く。

ここにいる誰もがその確信があるのか、彼は列をなす人々に紳士的に応対していた。

その近くには彼の息子達がいる。

私設秘書の男性は長男、その脇には次男の千家さんの姿があった。

千家さん、新しいスーツもすごく素敵……。

先程の店で彼はスーツを新調した。

上品なミディアムグレーのジャケットに、シャツは華美なサックスブルー。クラッシックな小紋柄のネクタイは実にセンスがいい。

すでに女性ゲストの眼差しは、いっそう磨かれた彼に釘づけだ。

けれど兄弟の語らいに割って入る者はいない。

しばらくは女性除けは必要なさそうかな。

私は仲睦まじいふたりから距離を取っていた。そして本日の主役へと視線を移す。

世の中には名刺一枚で態度を翻す人もいるだろう。でも、私が好きな人の父親は違った。

『清廉潔白な人格者』

それが千家誠一郎に対する世間の評価だ。選挙結果にも如実に表れている。

彼が掲げた子育て政策は実を結び、国内の出生率は久々に上昇中。

そんな彼の子供も素晴らしい人格者だ。

警察組織において、エリート街道を歩めるキャリア組はごく僅か。

すべての警察官のうち一パーセントにも満たないため、偉ぶる人もいる。

千家さんは違う。

彼は肩書を関係なしに、誰にでも平等に接する。経験が浅い刑事の意見にも耳を傾けたそう。

生前の祖父もよく感心していた。

『湊士はいい意味で警察官らしくない。それが強みだな』

組織は立場が上にいくにつれ、嫉妬と妬みが入り乱れる。

祖父曰く男性の嫉妬心は計り知れない。地位にこだわる人が大半で懐柔は困難だ。

でも彼は猛獣使いのごとく相手を手懐ける。そんな彼のことを『天性の人たらし』と祖父は度々茶化していた。

『人たらし』かあ。誉め言葉とは少し違うけど、おじいちゃんの言う通りかも。

千家さんは老若男女に好かれる素質がある。

聡明で穏やかで、正義感まで備わっている。これだけ素敵な人なら、惹かれるのは必然だったのかもしれない。

私に恋人役を頼むくらいだし、いまは誰ともお付き合いしてないんだな。

付き合いが長いとはいえ、彼の恋愛事情は詳しくない。

私達が出会った当時、彼が大学生の頃には恋人がいたと思う。それが、いつしか話題に出なくなり『別れた』と聞いた記憶があった。

モテそうなのに意外……。ううん、ひょっとしたら彼女はいて、今夜はたまたま用事があるだけかもしれないか。

もし特別な人がいるならショックだ。

雲の上の存在とは百も承知。それでも推しの熱愛報道に心痛するファンの気持ちが身に染みて分かった。

聞いてみようかな。ああ、考えるだけでドキドキしちゃう！

どんな結果であれ、彼に気持ちは悟られたくない。

会場は時間と共に賑わいを増している。

その熱気にあてられて化粧崩れも少し気になった。千家さんの姿を視界から追い出して、賑やかな会場から一旦離れることにする。

はあ、すごい人の数だった……。

絨毯敷きの廊下に出て、人の間を縫うように歩いたらパウダールームに着いた。その姿見に映った私は普段とは別人のよう。

千家さんが見繕ったのはフレアスリーブのワンピース。

二層の表地は可憐なチュール素材、袖は手元が細く見える裾広がりだ。ウエストラインが絶妙な高さだからスタイルが映えて見える。

大人っぽいデザインだけど、意外と着こなせちゃったかも。

自分だったら黒のワンピースは手に取らない。

実年齢より若く見られる童顔だし、大人っぽい色味は似合わないと決めつけていた。

ところがハイブランドが成せる業なのか、鏡の中の自分は意外と悪くない。

素敵な装いだけじゃなく、彼は私を見事に変身させた。

装いに合わせた華やかなヒールとバッグを身に着け、まるで出自のいい令嬢のよう。

これだけ着飾っても若い頃のお母さんには勝てないな。

母とは顔立ちがまるで違う。譲り受けたのは色の白さのみ。

私は父親似だろう。断言できないのは父の顔をよく知らないせいだ。

それも仕方がないと思う。だって私が三歳になる前に親は離婚したから。

母の話によると、別れを切り出したのは父の方だ。

ある日突然、父は押印した離婚届を残して家を出た。唐突な別れに母は納得がいかず、父を必死に捜したらしい。それでも結局見つからず離婚を受け入れた。

だから、父の顔は写真でしか知らない。

父は母の実家とも折り合いがよかったそう。

隣家とも親しかったらしく『子煩悩《こぼんのう》で優しい人だったのにねえ』と木村さんも残念がっていた。

優しい人か。本当にそうだったのかな。

人の記憶は時間と共に色褪せる。

思い出は美化されがちだし、ひょっとしたら木村さんが知らないだけで、父には裏の顔があったのかもしれない。

だって木村さんが思うような人なら、あんな別離の方法を取らないはず。

心優しいというなら母の方だろう。

母は保育士の仕事と育児がありながら家事まで完璧にこなした。その背中を見るうちに将来の夢が決まったようなもの。

私は母と同じ短大を卒業して保育士の仕事に就いた。勤め先の保育園では勤続六年を迎え、今年は年長組の担任を任されている。

もうすぐ子供達とお別れかあ。

来月には卒園前の大イベント『音楽会』がある。

それが終わると三月のお別れまではあっという間だろう。

子供達の愛らしい笑みが脳裏を過ぎ、しんみりしながらパウダールームを後にする。

ゲストが行き交う廊下を進み、受付の前を過ぎた時。剣で刺すような視線に気づいた。

あの人、誰だろう？

目線を横に流すと、背の低い女性が視界に入る。

彼女は化粧映えする派手な顔立ちで、私と同年代に見える。まるで知らない人だが、睨まれる心当たりはあった。

ただいま私は千家さんの恋人役。会場入りしてすぐ、彼は親しいゲストに私を紹介した。

『結婚間近な大事な人』

それが今夜限定の肩書だ。噂はたちまちに流れ、すでに何名かの女性ゲストには明確な敵意を向けられていた。

彼女も彼に憧れるひとりだろう。『どうしてこんな女が？』と憎々しい眼差しがそう訴えかけていた。

私達は五メートル程度は離れている。それでも駆け寄られたら一瞬だ。

彼女は他の女性達とは違い、異様なオーラを纏っている。

気持ちは分かるけど、やっぱり怖い。

内心ハラハラした矢先、低音のヴォイスが耳についた。

「沢木春菜、馬子にも衣裳だな」

上から目線で登場したのは有馬尊《ありまたける》さん。

黒に近いピンストライプのジャケットに、ネクタイとシャツは色味が幾分《いくぶん》違ったグレー、シックな装いはクールな彼にお似合いだ。

「有馬さん、ご無沙汰しています」

嫌味を添えた物言いでも、いまは救いの神に思える。彼の登場により、憎悪を浴びせた彼女が踵を返すのが見え、私は胸を撫で下ろした。

彼は千家さんの従弟でかつ、警察官だ。

彼もまた国内最高学府の出身で警察組織でもキャリア組。

私の祖父がそうだったように、一般的な警察官は末端の『巡査』からのスタートだ。ところがキャリア組は下から三つ目の『警部補』からで、有馬さんは二十五歳にしてすでに警部だった。

現在の所属は、かつて千家さんが腰を据えた県警の捜査二課。そこでは課長補佐、ナンバーツーの立場らしい。

『クールな美形刑事をお願い』ってＡＩに注文したら、有馬さんが出てきそうだよね。

彼は千家さんとは違うタイプの美形だ。

鋭利な二重の瞳、それを縁取るまつ毛は羨むほど長い。色白で繊細な顔立ちだから化粧をしたら、より美しく映えそうに思う。

美麗な見た目に対して、性格は実にクールだ。端的に述べると不愛想。

初対面から清々しいほど素っ気なかった。それが有馬尊という人なのに、なぜか今夜は様子が違う。しばらく他愛もない世間話をした後に、彼が妙な行動に出た。

ど、どうして近づくの？

綺麗が相応しい顔が間近に迫り、私の戸惑いは最高潮になる。心の動揺が伝わったのか、彼が目を細めて妖艶に微笑んだ。

「いつになく美しい。どうだ、俺の嫁にならないか？」

「へっ……」

突飛な言葉に私は声を失う。

冗談だとしたらやめて欲しい。いや、彼は『真面目にやれ』が口癖で冗談自体を好まないはず。

やたらと壁を作って心を読ませないのが特徴なのに、いまは誰かと入れ替わったよう。

甘ったるい笑みを投げられ、私の全身は違和感で包まれた。

ひょっとして有馬さんに口説かれてる？

ここまで普段と違ったらよく似た別人にも思える。

周囲の喧騒をよそに、私は綺麗な顔をまじまじと窺った。

見つめ合う一瞬。彼は優美につった口角を定位置に戻し、続けて声音から糖度を排除した。

「なんだ、その顔は？」

「どんな顔でしょう？」

そうそう、有馬さんはこうでなくっちゃ。

普段はまったく思わないものの、すげない態度にほっとする。

ところが何かが気に障ったのか有馬さんの声が刺々しい。

凍てつくブリザードが吹き荒れるがごとく、鋭い視線にも射貫かれた。

「まさか胸キュンしてないだろうな？」

「はい……？」

胸キュンはあり得ない。ただただ驚いただけ。

有馬さん、さっきから笑わせにきてる？　少しも面白くないけど、ぷっと吹き出すべき？　それはそれで怒りを買う予感もするなあ。

ますます頭が混乱した矢先、有馬さんの関心がよそを向いた。

上質なスーツを着こなす彼――、すなわち千家さんが現れたからだ。

「ふたりで楽しそうだな。俺も仲間に入れてくれ」

このふたりは実の兄弟のように仲がいい。

有馬さんは千家さんの誘いで、沢木家に顔を出し始めた。

祖父が元気だった頃は和やかに食卓を囲ったりもして、懐かしい光景が脳裏を掠める。
楽しかったなあ。あの頃に戻れたらいいのに……。
つい感傷に浸る私の傍らで、有馬さんが深刻そうに告げた。
「湊士さん、沢木春菜との結婚はやめておけ」
け、結婚⁉
千家さんと結婚とか冗談でも心臓に悪い。
無駄に爆走する心臓に『落ち着いて』と慌てて指令を出した。
有馬さん、やっぱりおかしい。ああ、ひょっとして……。
嫁とか胸キュンだとか、散々惑わされてようやく合点がいった。
私はいま千家さんの恋人役だ。
同伴を願い出た彼は悪びれもせず『結婚間近だ』と私をゲストに紹介した。きっと
そのうちの誰かが、有馬さんに伝えたのかもしれない。
千家さんったら、有馬さんには本当のことを話せばいいのに。
呆れ果てる私をそばに置きふたりの会話は続く。
機嫌を損ねた弟を宥めるように、千家さんが朗らかに笑った。
「尊、なぜ春菜さんとの結婚を反対するんだ？」

「男にホイホイ尻尾を振って浮気をする恐れがあるからだ」

「彼女に限ってあり得ないな」

千家さんはゆるりと首を横に振る。

迷いのない断言にキュッと胸が痺れた。ところが有馬さんには酷い扱いを受ける。

「色ボケで目が曇りすぎだろ」

「色ボケは否定しないが、女性を見る目は自信があるぞ」

「そこまで言うなら好きにすればいい」

「ありがとう」

千家さんは口元に微笑を湛え、半ば強引に話を完結した。そして別の話題で盛り上がっていく。それから時間にして三十分は過ぎた。いくら待てども千家さんは真実を明かそうとしない。

千家さん、種明かしはしないつもり⁉

有馬さんは妙な態度で私を惑わせた。

それは千家さんを慕うからこそ、彼の妻に私が相応しいかを見極めるためだ。

後日、ただの恋人役だったと彼が知ったら大事になる予感がぷんぷんした。

有馬さんのことだし『俺を騙したな』とか、絶対に私が恨まれる！

他の人はまだしも、有馬さんとは今後も会う機会がありそうだ。

誤解はこの場で解いた方がいい。だから不躾を承知でふたりの会話を遮ろうとする。

その時、ある異変に気づいた。

あれ、すごく気になっちゃう。

千家さんのポケットチーフが私の目に留まる。

それが僅かに崩れていて、むずむずと直したい衝動に駆られた。私は仕事柄、折り紙が得意。少しのズレが気になる性格でもあった。

「千家さん、少しだけ失礼しますね」

さっと彼に歩み寄り、硬い胸元に手を添える。

そうして素早くポケットチーフを整えると、柔らかな声で謝辞をもらえた。

「春菜さん、ありがとう」

「どういたしまして……です」

唐突に流し目で微笑まれ、胸がギュッと鷲掴みされた。

ああ、千家さんのこんな笑顔がすごく好き。

この笑顔だけで充分。今夜は思いがけず恋人気分も味わえたし、これ以上を求めたらバチが当たってしまいそう。

こんな気持ちは決して明かせない。

その代わりに女性らしく色づけた唇を弓なりにする。そうして彼と笑い合うと、有馬さんがほぉっと感嘆の声を漏らした。

「なかなか気が利くな。良妻賢母になるべく早速子作りに励め」

「こ、子作……」

卑猥な言葉を投げつけられて声が続かない。

私が一瞬で赤面する一方、有馬さんは憎らしいほど涼しげな顔だ。

千家さんと似た背丈の彼に、上からまじまじと顔を覗かれる。

「ところで体力には自信があるのか？　湊士さんはタフな男だぞ」

タフとか言わないで。妙な想像をしちゃいそうだから……。

心からの訴えは生憎彼には届かない。代わりに千家さんが苦笑しつつ言う。

「尊、その辺でやめておこうか。春菜さんが茹で上がる」

「それはすまない。妻を燃え散らかすのは夫の務めだ」

も、燃え散らかす――!?

ますます頬が紅潮した矢先、小刻みな振動音を私の耳が拾った。

「春菜さんのスマートフォンじゃないかな？」

「そうですね」

千家さんに視線を流され、私はコクッと頷く。

確かに、存在を訴える振動音は私の周りからする。音の感じは受信メールじゃなく、電話の着信音と思う。

電話なら会場の外に出なきゃ。それにしても誰だろう？

ひとまず相手を確認するため、右肩につり下げたチェーンバッグを開く。

パールピンクのスマートフォンを鳴らしたのは意外な人物だった。

「あれ、木村さんからだ」

お隣同士だからと電話番号を交換したものの、彼女からの着信は珍しい。

なんだろうと小首を傾げてからやっと彼女の狙いが読めた。

きっとお見合いの話だ。ちゃんと断っておくんだったな。

彼女はせっかちだし、縁談の日取りとかの相談だろう。

「少し失礼しますね」

若干気を重くして私はふたりから離れる。ふらふらと話せる場所を探していたら、先程のパウダールームの近くまで来ていた。

申し訳ないけど、やっぱり断ろう。

適当な言い訳を考えながら、しきりに震えるスマートフォンを耳に当てる。

「もしもし、木村さんですか？」

あれ、よく聞こえない……。

電話越しの声が聞き取りづらい。

仕方なしにスピーカー機能をオンにした途端、悲鳴に似た叫びが聞こえた。

「春菜ちゃん、大変よ！　空き巣が入ったの‼」

「えっ、どこにですか？」

「ああ、ごめんなさい。あなたの家よ！」

動揺を露わにされて思考が一瞬停止しかける。

空き巣って……、ひょっとして鍵をかけ忘れた？

玄関は間違いなく閉めた。それなら遺品整理で換気した祖父の部屋だろうか。

違う。だって、あの部屋は千家さんが鍵をかけてくれたはずだし。

彼は慎重な性格だから鍵の閉め忘れはあり得ない。

どこか冷静に分析をすると、電話越しの声に困惑が滲んだ。

「玄関が開けっ放しでね、びっくりしたわよ。それで『お隣が空き巣に入られた！』って近くの交番に駆け込んだら、ちょっとした騒ぎになっちゃったの。これからおまわりさんに話を聞かれるみたいでねえ」

「それは、ご迷惑をおかけしてすみません」

「いいのよ。ねえ、まだ千家さんと一緒だったりする?」

「はい。いまは少し離れたところにいますけど」

どうして、ここで千家さんの話が出るんだろう。

疑問を抱くと、木村さんが安堵の息をついた。

「ああ、よかった。それなら彼と一緒に来てくれないかしら。警察の偉い人が一緒なら『第一発見者を疑え!』とか、ドラマみたいに冤罪をかけられなさそうだし」

木村さん、すごく不安そう。

昼間の様子とは打って変わり、どことなく声には沈みを感じる。

おじいちゃんが言ってたな。『やましいところがなくても警察というだけで身構える人はいるもんだ』って。

身内に警察官がいた私は違っても彼女の気持ちは理解できた。

「分かりました。それじゃあすぐに向かいますね」

彼女には千家さんの素性を明かしてある。

祖父の葬儀では、彼は喪主を務めた私のそばを離れなかった。

それで恋人同士だと疑われ、昔からの知人だと話をしていたから。

警察は優秀だし、闇雲に疑いをかけたりしないだろう。

それでも木村さんの不安を最優先に拭いたい。彼女との電話を終えて、私は廊下の隅で思案した。

連れて行くって言っちゃったけど、千家さんは無理だよね。

彼は今夜の主役、千家誠一郎のご子息だ。

親しいゲストには見つかるなり囲まれていた。それを目の当たりにしたら、ここから連れ出すなんて考えられない。

木村さんのご要望は警察の偉い人だ。彼が無理なら他にもあてがある。

有馬さんに頼んでみようかな。

彼なら千家さんよりは自由が利きそうだ。

肩書は劣っても警察内では偉い立場だし、木村さんも満足だろう。

「よし、有馬さんにお願いしよう」

ぶつぶつと独りごちたら「駄目だ」と不意に断言された。

思いがけない返答に肩が飛び跳ねる。そろりと視線を移したら、神妙な顔つきの千家さんがいた。

「千家さん、いつからそこにいたんですか⁉」

「『お隣が空き巣に入られた！』ってところからだね」

回答を聞くに、随分前から私の後ろにいたらしい。

すごい、全然分からなかった……。

気配を悟られずに背後を取るのは容易じゃないだろう。

まるで熟練の刑事のようだが、千家さんほどのキャリアは現場には出ない。

そういえば『湊士は捜査官に向いている』って、おじいちゃんが言ってたっけ。

祖父の見立て通り、彼には刑事の資質が備わっていたのかもしれない。

置かれた状況をよそに感心すると、彼が冗談めかした風に言う。

「警察の偉い人でよかったよ。すぐに向かおう」

「でも、パーティーはまだ終わってないです」

「主役さえいれば問題ないよ。できれば春菜さんを父に紹介したかったけど」

「私を……ですか？」

今夜の私はおまけのようなもの。私に時間を割く暇があるなら、他のゲストをもてなした方が有意義だと思う。

「お心遣いありがとうございます。でも先生のお時間が勿体ないです」

千家さんって律儀な人だな。

私は一夜限りの恋人役だ。この先は彼の父親と会う機会はないだろう。

滅相もないと顔の前で手を振ると、千家さんの面持ちに困惑が滲み出た。

「うーん、ここまで伝わらないとは」

いまのはどういう意味？

話の筋がまったく見えず、私はパチパチと目を瞬かせる。

「こっちの話だよ。それじゃあ行こうか」

苦笑で誤魔化された気がするも厳格を装う会場から足を遠ざけた。


ホテルから築地までは車で十分程度だった。

千家さんは都心の道路事情に詳しい。

渋滞を上手く避け、実家から少し離れた駐車場に車を停めた。

どうしてコインパーキングに来たんだろう？

実家に車を置けるスペースはあるから不思議だ。

彼はそんな私の心を見透かしたのか、シートベルトを外しながら言う。

「いまは警察が出入りをしているからね」

そっか。いまはまだ車を置ける状況じゃなかった。

ホテルから移動する前、千家さんは警察に電話を入れた。

彼のお陰で空き巣事件の管轄が判明し、担当の警察官と少し話せた。

事件現場に車があったら邪魔になる。納得した途端、胸がキリッと鈍い音を立てた。

空き巣って、家の中はどれだけ荒らされたんだろう。

被害に遭った実感が湧き上がり、今更ながら胸が苦しい。

事件に巻き込まれたのは初めてだ。頼れる祖父はもういない。もし私ひとりだったら心細くて仕方なかったと思う。

「千家さん、いつも本当に……ありがとうございます」

今夜だけじゃない。彼には何から何まで世話になりっぱなし。

助手席から思いを伝えると、おもむろに手を握られた。

えっ……。

唐突な触れ合いにドキッと胸が鳴る。

静かに息を呑み、傍らの彼に視線を流した。その途端、真摯な瞳に射貫かれる。

「何も心配しなくていい。いつも言ってるだろう？　春菜さんは俺が守るって」

絡めた指に僅かな力を込めて彼は訴える。

暗がりのせいだろう。でも、心なしか眼差しが熱い。

街灯の放つ光で彼はオレンジ色に煌めき、それでいてどこか切実に見えた。

沈黙に満ちた車内でトクトクと鼓動が脈打ち始める。

たった少し触れ合っただけ。

それなのにこれほど動揺して、些細な一挙手一投足に惑わされる。そんな人は彼だけ。世界中のどこを捜してもいないと思った。

どうしよう私……、千家さんがすごく好きみたい。

彼はいつだってそう。初めて会った時から変わらない。

私の心に暗い影が落ちた時、いち早く手を差し伸べてくれる。

彼は兄とのふたり兄弟だから、私はきっと妹みたいな存在だ。

それでも絡まる指先がこそばゆい。これ以上優しくされたら心の制御ができなくなりそう。

許されるなら温もりを堪能したい。

生憎それは無理。いまも尚、木村さんは不安を抱え、私達の到着を待ちわびているのだから……。

残念だけど、そろそろ行かなくちゃ。

名残惜しむ間も千家さんは私の手を温め続ける。いっこうに離す気配がなかった。

「あの……」

おずおずと声をかけると、ようやく彼の手が離れた。

「すまない、つい」

「そろそろ行きましょうか」

にこっと作り笑顔で平静を装う。

それでも身体までは嘘をつけなかった。

胸の鼓動はひたすらに煩い。真冬だというのに猛烈に身体まで熱を帯び、自宅までの道のりを俯きがちに歩いた。

時刻はまもなく夜の九時、普段なら人通りが少ない時間帯だ。

でも今夜は様子が違う。自宅の周りには野次馬が見受けられた。電話で聞いていた通り、証拠品を採取する鑑識らしき姿まである。

なんだか刑事ドラマの世界に迷い込んだみたい。

束の間、目前の光景に呆然となる、そこへ――。

「春菜ちゃん！」

声高に駆け寄ったのは木村さんだ。

そして彼女と一緒に男性警察官も現れる。彼は真新しい制服姿で、駆け出しの警察官といった風情。

年齢は私と同年代か、ひょっとしたら年下かもしれない。

その彼がハッと目を瞠る。眼鏡越しの視線は辺りを見渡す、千家さんに注がれていた。

「本部から連絡をいただきましたが、千家警視正がいらっしゃるとは驚きました！」

「大事な人が被害に遭ったからね」

千家さんがさらりと言ってのけ、私の心臓が飛び跳ねた。

彼の回答には赤字を入れたい。『大事な人の孫』が正解だからだ。

千家さんったら、一体どうしちゃったの？

パーティーでの振る舞いといい、今夜の彼は少しおかしい。

なぜ、こうも誤解を招く言い方ばかりするのだろう。

ああ、ほら……。

トクシツの活躍もあり、千家さんは警察内でさぞ有名だろう。

その彼を射止めた恋人だと認識されたのか、目前の警察官から興味ありげな視線をもらう。

千家さんの特別な人になれたら、こんな目で見られちゃうんだ。

ふと想像した矢先、私の傍らで千家さんが目を瞬かせた。

「あれ？　君とは初対面だと思うが」

不思議そうな言葉を受け、警察官が声音に敬意を滲ませる。

「大変失礼しました！　私は築地あかし一番町交番勤務の佐々木《ささき》巡査であります。トクシツでの詐欺事件の摘発を始め、素晴らしいご活躍は耳に届いております」

「ありがとう。そんな言葉をもらうと県警に戻りたくなるな」

手放しの賛辞をもらい、千家さんは綺麗な顔に寂しさを宿した。

千家さん、トクシツの成長を見守りたいって言ってたものね。

キャリア組は将来の幹部候補生だ。

現場捜査にあたる『警視庁』と、警察組織を統括する『警察庁』を行き来しながら経験を積み上げる。異動が多くて残念だと、寂しげに語った声を思い出した。

警察官でも道を外れる人がいる。

誰もが清廉潔白じゃなく、腐敗に汚れた人もいるそう。

『改革を求めるなら上に行くしかないんだ』

県警を離れる際、千家さんは声音に決意を滲ませていた。

祖父の話では、立派な志がある彼に一目置く人は警察内に多い。たったいま襟を正した佐々木巡査にとっても眩い存在だろう。

憧れの人を前にして彼は緊張気味の様子だった。若干、震えた声を高らかに飛ばした。

「せ、千家警視正！　是非、この事件の見立てをお聞かせください‼」

「それは君達にお任せするよ。まあ、でも……」

千家さんは含みを持たせた顔で佐々木巡査に耳打ちする。

辺りは喧騒に包まれて話の内容までは分からない。

けれど佐々木巡査は囁きを受けた途端、明らかに顔をこわばらせた。

佐々木巡査、何を言われたんだろう？

何かの指示を受けたのか、彼はどこかに行ってしまう。

足早に去った彼を気にして、木村さんも頬に手を添えて不思議そうに零した。

「あのおまわりさん、どこに行くのかしら？　まだ私の話が途中なのにねえ」

佐々木巡査、木村さんの聞き取りが終わってないんだ。

祖父からの聞きかじりだと『事件は初動が大事』だそう。

ついさっき木村さんが不安がったように『第一発見者』――、すなわち最初に事件と遭遇した人の話は貴重だ。

それなのになぜか、佐々木巡査は木村さんから離れた。しかも千家さんの指示でだ。千家さんには考えがあるんだろうな。おじいちゃんなら分かるんだろうけど、私にはさっぱりだ。

祖父の影響を受けて推理小説にはまった時期がある。

でも著者のミスリードに引っかかってばかり。犯人を当てた経験も片手で数えられる程度だ。

空き巣被害に遭うなんて思わなかった。大事な物が盗まれてないといいけど……。

ふと夜空を仰げば三日月が目に入る。月明かりに照らされながら事件解決を心から願った。

数時間後、日付が変わろうとする時刻。私は広々とした浴室で疲れを癒した。

浴室からは煌めく夜景が望め、まるで旅行に来たかと錯覚しかける。

ここは千家さんが所有するマンションのバスルーム。

被害に遭った家の片づけを終えた後、彼の住まいに招かれていた。

それにしても慌ただしい一日だったな。

実家よりずっと広いバスタブに浸かり、はあっと吐息を漏らす。

『今夜は俺の家に来たらいい』

千家さんに提案をされた時、さすがに躊躇した。

祖父の頼みとはいえ彼は優しすぎる。いつまでも甘えるべきじゃない。

心からそう思ったのに、結局は厚意に甘えた。それは空き巣被害に心を深く抉られたからだった。

実家は古い和風造り。駅から徒歩圏内だから不動産価値はそれなりにある。

事実、祖父が生前の頃に家は売れた。

引き渡しはまだ先だが『新しい住まいを見つけなきゃ』と思っていた矢先だった。

お金なんて全然ないのに、どうして空き巣に狙われたの？

実際、自宅に金目の物はなかった。

被害と呼べるのは、盗まれた貯金箱とピッキングに遭った玄関だけ。

それでも土足で押し入られ、その惨状に胸が張り裂けそうだった。

最も心痛したのは仏壇の被害だ。

金目の物を探すのに邪魔だからだろう。

空き巣犯は故人の写真立てと形見まで畳に投げ捨てた。母の日記と父との家族写真は飛び散ったガラスの破片に埋もれる惨状。

大事な家族の笑顔を蔑ろにされ、その時にはもう気丈に振る舞うのも限界だったから……。

いけない、そろそろ出ないとだ。

自分が思うよりも疲れが溜まっていたらしい。

それでつい長湯をした。『ゆっくりしておいで』と送り出されたものの、体感では三十分は過ぎている。

疲れているのは私だけじゃないのに……。

祖父の遺品整理から空き巣被害の聞き取り。ほぼ一日、千家さんとは一緒だった。もう遅い時間だし、今頃は眠気と戦っているかもしれない。

湯気に包まれる浴室を離れ、ドアを隔てた洗面所で身支度を整える。

一夜限りでも好きな人の家に招かれたのだし、お泊まりセットの用意はしてきた。持参したスウェット地のワンピースに着替え、ドライヤーで手早く髪を乾かす。

お化粧はどうしようかな。

寝るだけとはいえ、彼の前ですっぴんは恥ずかしい。気合を入れすぎても変だろうし、たしなみ程度の化粧にしておいた。

「唇は……リップだけでいいか」

鏡の前で口角をにっと上げてから、来客用のスリッパの音を廊下に響かせる。

それにしても立派なお宅だなあ。

この辺りは都心の一等地だ。

麻布十番《あざぶじゆうばん》に佇むマンションには、ラウンジとスポーツジムが完備されている。

おまけにセキュリティーも万全らしい。

コンシェルジュが常駐するロビーはホテルさながらで、自然に寄り添った中庭にも癒された。

千家さんの住まいは独身では広すぎるファミリー仕様。

未使用の部屋がいくつかあるそうで、そのうちの一室をあてがわれた。その際、彼が皮肉交じりに零したのを思い出す。

『身内の不祥事は政治家生命に関わるらしくてね。このマンションは監視の意味合いもありそうだ』

彼の母方は旧財閥家だ。

豪華な住まいは祖父母からの生前贈与らしく、警察庁に戻った頃から住み始めたと話していた。

千家さん、お父様には信用されてないの？

彼ほど真面目な人は知らない。

何かの縁で彼の父にもう一度会う機会があったら、ご子息がどれだけ立派か演説したい。

そんなことを思いつつ、私はリビングのドアを開ける。けれど、レザーシートのＬ字のソファ、窓辺のリクライニングもがら空きだった。

あれ、千家さんがいない。

リビングは広さ三十畳ほどだ。

家具は黒と茶で統一感があり、どれもセンスの良さが光る。壁の一部は煉瓦仕様で、その中央には薄型テレビが備わっていた。

もう寝ちゃった？

私が浴室に行く前、彼はこの部屋で寛いでいた。リビングの隣にはワインセラーがあるが、そこを覗いても彼の姿はない。

無駄に廊下をうろついていたら人感センサーの照明が反応してしまう。

ピタッとその場に足を止めたら、微かな音をキャッチした。

千家さん、あそこにいるの？

それは数メートル先の部屋から聞こえた。音を頼りに廊下を進むと、僅かに開いたドアの隙間からは光が漏れている。

「あの……」

もし起きているなら、改めて今日のお礼をしたい。

それから寝る前の挨拶をと思ったのに、そのどちらも口から出なかった。

彼はまったく眠くはなさそう。

どちらかといえば目は冴えまくり。半裸を晒した状態でせっせと腕立て伏せに勤しんでいるのだから……。

逞しい体躯には薄っすらと汗が滲み、かなりの負荷だろうに息も乱れない。日常的に鍛えているのか、見事な上腕筋と大胸筋は芸術品のよう。

はあ、すごい。

思わず感嘆の息を漏らすと、ドアの隙間越しに視線がぶつかる。

「ご、ごめんなさい！」

慌てて目を逸らすと、彼が決まり悪そうに答えた。

「つい日課でね、お目汚しを失礼」

「とんでもないです。立派なお身体で――」

馬鹿、何を言ってるの！

取り繕うあまり本音が漏れた。これじゃあ見惚れていたのがバレバレだ。

いまの私は熟れた林檎みたいだろう。顔の火照りは風呂上がりのせいにしたい。

そんな慌てふためく私を尻目に、彼は上着を羽織って近寄ってきた。

「ありがとう。褒めてもらえて嬉しいな」

「いえ、違うんです。はっきり見たわけじゃ……」

気恥ずかしさから抵抗を試みる。

仰け反るように後退するも無駄。彼は前髪を無造作に掻き上げつつ、私との距離をぐっと縮めた。

ち、近い！

俳優と見紛う完璧な容姿に加え、いまは男性特有の色気まで纏う。

間近に迫られて心臓がどうにかなりそうだ。それなのに彼は口元に優雅な微笑を湛えた。

「春菜さんは嘘が下手だな。そこが可愛いんだけど」

い、いま可愛いって言った⁉

いつもの軽口だろうが、この状況では遠慮願いたい。

ただでさえ私の心臓は暴走中。道路交通法を例に挙げれば法定速度を優に超えている。このままでは事故を招くし、無理にでも他の話題を振った。

「あ、あの！　佐々木巡査の誤解は解いてくださいね」

「誤解？　何かあったかな？」

不思議そうに顔を傾けられ、私は頭を抱えたくなる。

ううっ、自分から言い出すのって恥ずかしいのに……。

後悔先に立たずでも自ら振った話だし、仕方なしに声を一段小さくした。

「佐々木巡査に話してましたよね。その……、私との関係を聞かれて『大事な人だ』とか」

「あれか。誤解じゃないだろう？」

至極当然のような回答をもらい、私の心は焼かれたよう。

千家さんとは長い付き合いだ。だから妹のように思っての言葉かもしれない。

それでも躊躇なく『大事』とか言われて心臓が悲鳴を上げた。

今日は千家さんにドキドキされっぱなしだな。それにしても、このままじゃあまずいよねえ。

有馬さんに続いて佐々木巡査にまで誤解をされたままだ。

所属が違っても、ふたりは千家さんと職場が同じようなもの。

だから妙な噂が流れたら申し訳ないのに、渦中の千家さんはどこ吹く風だった。

「まったく問題ないよ。恋人ができたと噂になったら仕事が捗りそうだ」

「それは、どういう意味ですか？」

勝手な噂と仕事との関連が分からない。

私が小首を傾げると、千家さんが困惑を声音に滲ませた。

「女性職員の無駄な来訪が多くてね」

そっか。仕事に支障が出るほど、女性職員が会いに来ちゃうんだ。

彼に虜なのは私だけじゃなかった。

今夜のパーティーでも体感したように、これだけ素敵なら職場の女性も放っておかないだろう。

祖父は違ったものの警察官同士の結婚は多い。

警察官は人によっては敬遠される。

規律に従う厳格なイメージがあり、多忙な部署に身を置いたら身内の死に目にも会えないからだ。

だから仕事に理解がある伴侶と結ばれがち。一般的な企業の『オフィスラブ』と同じらしい。

よかった、この様子だと本当に恋人はいないみたい。

ずっと尋ねたくて今日までできずにいた。心浮かれるのをひた隠し、それからは自然と口数が多くなった。

2

日が沈みかけた午後、私は職場で掃除をし始める。

ふふ、皆頑張ってたなあ。

今日は音楽会の練習がすごく上手くいった。

この年齢は子供なりに主張が出やすい。些細なことで喧嘩にも発展するから、体操や音楽の時間は注意が必要だ。

上手くやれない子を『へたくそ』とからかうのは絶対に駄目。

口酸っぱく諭しても調子に乗ってしまう子もいる。それがここ最近は『皆で一緒に頑張ろうね』と子供達から自然と声が上がり始めた。

身体の成長は見て取れても内面までは分からない。だから励まし合う姿に、胸がじんっと打たれたのだった。

うん、我ながら綺麗になったよね。

モップで水拭きをしたら真冬でも汗ばんできた。

支給されたエプロンからハンカチを取り出し、じんわりと滲む額の汗を拭う。その頃合いで誰かの叱責が耳をついた。

「これで何度目です？　ちゃんと連絡をくれないと困ります！」

厳しい声音はベテランの学年主任だ。

どうやら壁を隔てた隣の教室でひと悶着《もんちゃく》があったらしい。

隣の担任は今年初めて年長組を受け持った。

彼女はまだ若くて経験も少ない。だから解決困難なトラブル発生時には、学年主任の美帆《みほ》先生が登場する。

ちらっと壁かけ時計を見やれば、お迎えの時刻を過ぎていた。

保護者のお迎えが遅れたのかな？

心の声に呼応して、ある園児の顔が脳裏を掠める。

かつて年少組で受け持った祐樹《ゆうき》くんだ。

彼の保護者は当時からよくお迎えに遅れた。連絡なしだと、こちらは対応に困ってしまう。

『祐樹くんのお迎えが遅い』と隣の担任が愚痴っていた気がする。それを思うと美帆先生の叱責も理解できる。

それでも母親が叱られる姿は子供には堪えるもの。

大人の事情に子供を巻き込むのは反対だ。私は迷わず教室を飛び出した。

「失礼します！」

「春菜先生、何か？」

「え、えっと……」

美帆先生はすごい。ひと睨みで私を委縮させてしまう。

乗り込んだ教室には彼女の他に、ここの担任と祐樹くんの母親の姿があった。

やっぱり祐樹くんのママさんだったか。

ここまでは予想通りだ。しかし肝心の子供の姿が見当たらない。

あれ、祐樹くんはどこだろう？

キョロキョロと教室を見渡していたら、美帆先生が怪訝な顔になった。

「春菜先生、何をしているの？」

「祐樹くんはどこかなって……思いまして」

「祐樹くんなら園長先生と職員室よ」

呆れ返った声音をもらい、胸中で頭を叩いてやった。

美帆先生は誤解されがちな性格だ。

きつい物言いで保護者からも恐れられるが、それは子供を思うがため。意に沿わない事態でも子供の前で親を叱ったりはしないはず。

私ったら、モップまで握ったままじゃない……。

これではまるで喧嘩を仕掛ける不良のよう。勇み足で乗り込んでしまい、どうにも気まずかった。

よほどのことがない限り、他のクラスの問題には口を挟まない。

自分なりのルールに従って「失礼しました」とすごすごと教室を離れた……。

すべての業務が終わったのは一時間後、私は雑務を済ませて職場を後にする。

今日の夕ご飯は何にしようかな。

冷蔵庫に充分な食材はない。何を作るにせよ買い物は必要だ。

道路に影を伸ばして歩いていたら、唐突に呼びかけをもらう。

「春菜さん」

好きな人の声を聞き違えたりしない。耳触りのいい声に心臓がドキッと反応する。

視線を動かせば、そばの駐車場には千家さんがいた。

ダークグレーのスーツは上品なスリーピース、髪はサイドに流して、精悍な顔立ちはより引き立っている。

「千家さん、どうしてここに？」

「仕事が早く終わったから迎えに来たんだ」

思いがけないサプライズに二の句が継げない。

口元に微笑を添える彼に近づくと、駐車場のフェンス越しに美帆先生を見つけた。

彼女は自転車で私には気づかない。視線を前に向けたまま十字路を右に曲がる。その姿が視界から消えるなり、千家さんがぽそっと言った。

「自転車の彼女、春菜さんの職場の人だね」

「えっ……」

どうして分かったの？

目を瞬かせると彼の視線が私の手元に落ちた。

「そのランチバッグがヒントかな。彼女の自転車の籠にも同じものがあったし」

オリーブ色の手提げバッグは普段使いにちょうどいい。

これは勤め先の保育園を退職した先生がくれたもの。それを抱えつつ、私は思わず唸った。

「一瞬だったのに、よく見てましたね」

「これでも警察官だからね。ついでに言うと、春菜さんは彼女とひと悶着があった。喧嘩じゃない……罪悪感を抱く出来事だな」

「すごい、正解です！」

「コツさえ掴めば、人の心は見抜けるものだよ」

本当に？　千家さんの観察眼が鋭いだけじゃなくて？

まるであの場にいたように彼は見事に言い当てた。

すっかり脱帽した矢先、彼は口元を僅かに緩ませる。そして私の眉間に人差し指を添えた。

「あ、あの……」

指の腹が微かに触れただけ。

それでも私の胸は大袈裟に飛び跳ねる。片《かた》や、千家さんは淡々と言い連ねた。

「人は罪悪感を抱いた時にサインが出る。春菜さんの場合はここ。ほんの少しだけ眉間に皺が寄るんだ」

ここ最近、彼は距離が近い。

どこだろうが歯牙《しが》にもかけない。こんな風に暇さえあれば私の心臓を自在に操った。

どうしよう、心臓の音が聞こえちゃいそう。

脈打つ鼓動があまりにも煩い。いまにも漏れそうで心なしか声を張った。

「は、早く帰りませんか⁉」

「そうしよう。実はお腹がぺこぺこなんだ」

彼は大袈裟に肩を竦めて下腹部を手で擦る。

可愛い園児みたいな仕草に、私はクスッと笑い声を落とした……。

春が待ち遠しい一月の下旬、自宅が空き巣被害に遭って二週間が過ぎた。

一夜限りのはずが、私は未だに千家さんの家にいる。実家でのひとり暮らしを彼が許さなかったからだ。

『犯人が捕まるまで、春菜さんをひとりにはできない。しばらく一緒に暮らそう』

いつになく真剣に乞われて、私はその訴えを聞き入れた。

空き巣犯だって馬鹿じゃない。

何度も同じ家に押し入らないはず。警察は自宅付近の巡回を強化してくれた。だからきっと大丈夫。

そう思っても不安は完全に拭えなかった。

『人の心は見抜ける』か。やっぱり千家さんは分かっていたのね。

彼には洞察力があった。

どれだけ気丈に振る舞っても気弱な心は隠せない。

心優しい彼が改めて好きだなと思うと、緩やかに車が発進した。

ここから彼の家までは車で四十分程度。

その道すがら、私達は他愛もない話に花を咲かせていった。

「今度少し遠出をしようか。美味しい料理のお礼に、好きなだけ御馳走するよ」

「いいんですか？　遠慮しないでモリモリ食べちゃいますよ」

ただの冗談だ。ふふっと私が相好を崩すと、彼は瞳に弧を描かせて微笑する。

鋭利な漆黒の瞳、通った鼻筋、艶やかな黒髪。二重の瞳を細めた彼は、車窓からの夕日を受けて一段と美しい。

風の煽りを受けた街路樹は葉を散らせている。寒々しい姿を背景にしたら、どこか彼の姿まで儚げに見えた。

心寂しいのは窓に映る景色のせいじゃない。

この週末にも居候生活を終わらせようと心に決めているから。

沈みゆく太陽が運転席の彼をオレンジに色づける。決意を秘めた私を乗せて車はアスファルトを走り続けた。


ほどなくして豪奢なマンションに到着する。

寄り道して買った食材を冷蔵庫に入れていたら、千家さんから嘆息が漏れた。

どうやらスマートフォンから呼び出しを受けたらしい。スーツの内ポケットを探る彼に申し出た。

「残りは私がやります」

「悪い、すぐに戻る」

薄型のスマートフォンを耳に押し当て、千家さんはキッチンを離れた。

「有馬、どうした？」

深刻そうな声を拾い、有馬さんからの電話だと推察する。

最近、有馬さんからの電話が多いな。

仕事の話をする際、ふたりは名字で呼び合う。

たったいま『有馬』と聞こえたからプライベートの電話ではなさそうだ。

先日、その有馬さんは憤怒の面持ちで来訪してきた。どうやら直属の上司と馬が合わないらしく『杓子定規《しゃくしじょうぎ》で使えない男だ』と悪態をつき、自ら持参した塩大福をパクついていた。

有馬さんの上司は千家さんの後任らしい。

その事実は散々愚痴を零した有馬さんの帰宅後、千家さんがこっそり教えてくれた。

前任者が優秀だと比較されがちだからなあ。

保育士の新人時代、自分がまさにそうだった。美帆先生といったベテランと比べられ、それでも歯を食いしばっていまに至る。

有馬さん、上司の人と上手くやれたらいいけど……。

私の祖父は定年後も警察に残り、嘱託職員として若い捜査官の教育に携わった。だから祖父を慕って沢木家を訪ねる彼等に、私は度々料理を振る舞った。有馬さんは事情が違う。

彼は千家さんの誘いで沢木家に来た。一番の好物はいまも変わらない、卵焼きだ。

有馬さん、卵焼きが大好きなんだよね。

沢木家特製の厚焼き玉子はほんのり甘めが特徴。

有馬さんは心なしか不満げだったから、とびきり甘めに作ったら箸がやたらと進んだ。

堅物なクールキャラなのに甘党だとか、そのギャップにやられちゃう女性もいたりして。

ふと卵焼きを頬張る有馬さんが脳裏に浮かぶ。その笑顔を懐かしみながら、私は夕飯の準備に取り掛かった。

まずはエプロン姿になり、それから大理石造りのキッチンと向き合う。

今夜のメイン料理は唐揚げの予定。同時進行で副菜とお味噌汁も作るつもり。きっちり量った調味料に、擦り下ろしのにんにくと生姜を混ぜ合わせる。そこに切り分けたもも肉を加え、適宜揉み解したら下準備は完了だ。

お母さんから教わった唐揚げ、千家さんの口にも合うといいな。

中学生になった頃から、母には料理を始めとした家事全般を教わった。

『やりなさい』と命じられたからじゃない。

母の料理はどれも美味しかったから、好きな人ができたら作ってあげたいと思っただけ。

唐揚げの次は、かつおぶしを利かせた大根サラダとお味噌汁。

それに加えて副菜を一品作ったところで、はたと思いつく。

そうだ、久々にあれを作ろう。

有馬さんの名前を聞いたら、彼の好物が急に食べたくなった。

ここで暮らし始めてからも卵焼きは作った。けれど今夜は味付けを変えて、長方形のフライパンに卵汁を投入する。

ああ、そうだ。火を弱めないと……。

レシピは頭にあっても、作るのが久々で忘れていた。

有馬さん好みの卵焼きは砂糖が多めなため、弱火にしないと焦げやすい。

失敗した過去から学んで完成させる。その頃合いで千家さんが姿を見せた。

食卓に並んだ料理を眺め、彼はバツが悪そうに零す。

「ごめん。結局何もやれなかったな」

「とんでもないです。電話は大丈夫でしたか？」

「問題ないよ。ああ、今夜もすごく美味しそうだ」

千家さんは漆黒の瞳を弓なりに細める。

その笑顔は私にとって最大の労いだ。頬の緩みは隠せそうもない。

できればずっと彼のそばにいたい。でも、それはやめた方がいいと思った。

空き巣犯はまだ逮捕されていない。

行きずりの犯行なのか、計画性があったのか。

佐々木巡査からの経過報告によれば、どちらにせよ解決には時間がかかるそう。

職場に迎えに来てもらい、休日にはふたりで出かける。

この生活は一時的なのに、あまりにも幸せでこのまま永遠に続くと錯覚しそうだから。

千家さんにだって生活がある。

私がいたらプライベートな時間を楽しめない。だから、ふたりで過ごすのは今日で終わり。この食事が終わったら家に戻ると伝えよう。

この二週間、すごく楽しかった。

寂しさを胸に秘め、ふたりだけの楽しいひと時を満喫していく。

食後はいつものように酒を楽しんだ。リビングのソファに横並びになり、グラスに口づける。

千家さんは酒が強い、酒豪の部類に入るだろう。

彼に比べたら私は随分弱い。奮発したワインを飲み干す頃には、身体が火照り始めた。

完全に酔う前に家に戻るって話さなきゃ。

切なさを押し隠し、私は口を開きかける。けれど神妙な顔つきの彼が気になった。

「あの、どうかしましたか？」

「いや、今夜の卵焼きが気になってね」

「すみません、甘かったですよね？」

窺うように顔を覗くと、彼がハッと息を呑む。

「いや、文句があるわけじゃないんだ。春菜さんの味付けはいつも正確だから、変化を生じる何かがあったのかなと思っただけで」

「よく分かりましたね！　実は有馬さん好みにしてみたんです」

何の気なしに告げたら、千家さんがゲホッとむせ始める。

男性特有の喉仏辺りを手で押さえ、彼は端整な顔を苦渋に満たした。

「大丈夫ですか？」

「平気……だ。いや、どうだろう」

千家さんは曖昧に答えて押し黙った。目前のガラステーブルにグラスを預け、いっそう横顔に陰りを宿す。

もしかしてどこか悪いの？　そういえば先週、健康診断を受けていたっけ。

その結果に問題があったなら、沈んだ様子にも納得がいく。

一緒に暮らしたお陰で彼について少し分かった。

千家さんは適度に運動をし、食事にも気を使う。

見るからに健康でも身体の内部は不明だ。祖父がそうだったように、病は知らないうちに全身を蝕むものだから。

どうしよう、千家さんに何かあったら私……。

暗い影が胸に落ちたその時、鋭い声が飛んできた。

「なぜ、そこで尊なんだ？」

刺すような視線を受けて、私の心臓は縮み上がる。

なぜと聞かれたら彼の名前を耳にしたからだ。それ以外に理由はない。

だから素直に伝えればいいのに、凄みを利かした彼に圧されてしまう。

「そ、それは……」

千家さんの顔が怖い、やっぱり仕事の話だったんだ。

ふたりの会話までは聞こえなかった。

しかし捜査情報の漏洩を危惧してか、千家さんの様子は尋常じゃない。眉を寄せた険しい顔が迫り、取り調べを受ける被疑者の心地になった。

『素直に吐いたら楽になるぞ』

サスペンスドラマでありがちなセリフが脳裏を過ぎ、私はたじたじになってしまう。

怒ってる？　ううん、それとは少し違うような……。

より接近した彼から異様な痛みを覚える。

ただの杞憂だったらいい。でも漆黒の瞳は影を帯び、私の心臓はドクドクと嫌な音を立てた。

「千家さん、身体に問題はありませんか？」

「いたって健康だよ」

よかった、私の勘違いみたい。

明瞭な答えに嘘はなさそうだ。それなのに彼は硬い表情を崩さない。

「話を元に戻そう。春菜さん、君が好きなのは尊じゃないな？」

なんで有馬さんの質問ばかりが続くの？

聞かれるまでもなく、千家さんの言い分は正しい。

不思議に思いながらも頷くと、彼の表情が若干和らいだ。

しかし尋問は終わらない。今度は弓矢で的を射るように狙いすまされる。

「好きな男は俺だろう？」

「っ……」

探るような眼差しは偽りを許さない。

膝で重ねた両手が震え、絶望の淵に立たされた気分になった。

いまの私はきっと顔面蒼白だろう。それでもすぐに否定しないと駄目。

そう思うのに本音を拒めない圧をかけられて、コクッと首を縦に振る。

どう足掻いても無駄だ。彼にはすべてバレているのだから。

私達の関係もこれで終わりか……。

せめて家を出るタイミングでよかったと、どこまでも沈む心を慰めた。

彼は心優しい人だから豹変はしないはず。それでも徐々に会う機会は減ると思う。勝手な妄想だけで胸が抉られた気になった。

その痛みを堪えながら、私はソファから腰を浮かせる。

「あの、私……」

居心地の悪さは例えようがない。

ひとまず自室に戻ろうとした刹那、驚愕が私の全身を包み込んだ。

どうして私……千家さんに抱き締められてるの？

思わぬ事態に鼓動が脈を打つ。その間も背中はしっかり抱かれたままで、切実な想いが私の耳朶を掠めた。

「悪い、年甲斐もなく嫉妬した」

酷く掠れた言葉に鼓膜が震えるよう。

切なげな声音は覚えがある。その時の記憶がありありと脳裏に蘇った。

『何も心配しなくていい。いつも言ってるだろう？　春菜さんは俺が守るって』

空き巣被害に遭った夜、真摯な瞳に射貫かれた。しっかりと指を絡ませ、その温かさに心が癒されたのを想起する。

あれは私を慰める行為のはず。もし、それが違っていたなら……。

馬鹿、そんなわけない。でも、それならどうしてこんなことに？

逡巡の末に心臓がいっそう落ち着きを失った。

そのうちに私を抱きすくめる腕は解かれ、彼は慈しみの眼差しを捧げる。

「今夜は君が飽きるまで言わせてくれ」

「あ、あの」

「好きだ、本当に……」

唐突な告白に思考が追いつかない。すると、自覚を促すように唇を攫われた。

始まりは触れるだけのキス。

そのうちに愛でるように唇を食まれ、息継ぎの度に見つめて。瞳の虹彩に私を映し、彼は熱い舌先で粘膜をなぞりにきた。

その舌技に溺れているのに、指で背筋を伝われたら堪らない。彼が触れる箇所すべてが、まるで灼熱にあてられたよう。

「ん……ぁ……」

キスだけで愛撫の感覚に陥り、耳孔まで指でくすぐられる。巧みな口づけの終着に息が上がり、その頃合いで彼が決まり悪そうに呟いた。

「すまない。タガが外れた」

最初は都合のいい夢かと疑った。けれど力強く抱かれる腕も、キスを降らせる唇も、彼の本心を物語っている。

嘘みたいだけど、本当なんだ……。

どうしたって心は彼の虜だった。

『身の丈を考えて』と抑制しても駄目。一度芽吹いた恋心は消えず、私の心に強固な根を生やし続けた。何度踏みつけても無駄だった。アスファルトを突き破る雑草のごとく意に反して育んでいったから。

「平気です」

ここで終わったら妹扱いに戻りそう。

だから縋るように訴えると、彼の筋張った指が手櫛になる。そのまま頭ごと抱き寄せられ、低い囁きが私の耳朶に触れた。

「それじゃあ遠慮はしない。すべてを暴くまで終われないな」

蠱惑的な微笑をもらい、欲を露わにした素顔に身震いする。

心の制御が利かないのは私も同じ。リビングから寝室に場所を移し、一心不乱に抱き合った。

「あっ……千家さ……ん」

職業柄なのか、彼は洞察力が鋭い。

ベッドに組み敷かれ、ものの数分で弱点を突かれる。滑らかな唇にキスの豪雨を降らされ、快楽の果てに誘われていった。

どうしよう、声が……。

先を望んだのは自分なのに激しい羞恥心に駆られる。

なるべく声は控えたい。

その一心で焼け石みたいな顔を隠したくても無理。

彼は恥じらう両手をベッドに押しつけ、情欲で濡れた瞳に私を閉じ込めた。

「そんなに色っぽい声は隠したら駄目だ」

「違っ……、こんなの私じゃなくて」

否定しながらも快楽に溺れたのは事実。瞳だってうっとりしたままだろう。

自覚すると尚更、羞恥心が強まる。そんな心さえ彼にはお見通しだった。

「違う？　それじゃあ手加減はできないな」

千家さんは私よりも経験が豊富だろう。

ただでさえ手練に溺れそうなのに、冗談めいた言葉でも私を翻弄した。

これだけ素敵な人に乞われて、ときめかない女性はいない。

彼は例外なく私の胸を歓喜に震わせ、色気を漲らせた体躯を晒した。

ああ、見たら駄目……。

起伏に富んだ肉体美が眼前に迫り、瞬く間に顔が燃え滾る。

この家に同居した当日、うっかり彼の半裸を見てしまった。

あの時とは状況が違う。欲を露わにした彼にすべてを暴かれていく。

「は……あっ……」

耳朶に舌を這わされ、身を捩ると執拗に攻められる。

双丘を甘美に濡らされ、温かな坑道を攻められたらもう喘ぎが止まらない。

しなやかな指と舌技が快楽を引き出し、身体の深部がひたひたに蕩けていった。

いまの自分はどんな状態だろう。

想像だけでも堪らないのに、思考とは裏腹に身体は悦楽に啼いた。

「千家さんっ……、私……」

「大丈夫、すごく綺麗だ」

「千家さんも……素敵です」

至福に浸りながら声を漏らすと、余裕なさげな答えをもらう。

「それ以上煽られたら優しくできなくなる。ずっと君に触れたくて仕方なかったから」

そんな風に想ってくれていたの？

真摯な想いを注がれて逞しい背中にしがみつく。それを合図に、私達はより深く交わった。

彼は品行方正を絵に描いたような男性だ。

それがいまは別人のよう。野性的に欲を全開にされ、ようやく実感できた。彼に愛されていると……。

蕩けた身体を揉みしだかれ、情熱的に揺さぶられて。汗を迸らせながら濡れ音を辺りにまき散らかした。

最奥で存在を誇示され、形容し難い至福に胸が震える。

愛を囁く声も色気を漲らせた身体も、彼のすべてが愛おしくて堪らない。

「千家さん、……好き。ずっと好きでした」

私の言葉を受けて彼が微笑する。

寄せては引く快楽の波に身を委ね、意識が飛ぶほどの行為に没頭した。

翌日、カーテン越しの陽光が朝を伝える。

私が寝たふりをしてどれだけの時間が過ぎただろう。

ベッドサイドの時計は午前九時、目覚めてから三十分ほど経っていた。

休日とはいえ、いつまでも寝ていたら駄目だと思う。

激しく愛し合ったし、そろそろシャワーだって浴びたい。

でも、この状況下では無理。ベッドに横抱きにされたまま、逞しい腕に囲まれているから。

いい加減に起きなくちゃ。でも恥ずかしい……。

昨晩、千家さんとここで愛し合った。

手練に濡らされ、甘く乱れて。彼は時間をかけて甘美な豪雨を降らせにきた。

『好きだ』とか『もう離せない』だとかと低音ヴォイスで私を翻弄し、滴る坑道を荒々しく駆ける。

それは一度果てても終わらない。

彼との神聖な時は空が白むまで続き、胸のときめきは止まらない。いまも尚、甘美な戯れへと私は誘われていた。

「春菜さん、まだ起きないのか？」

甘い囁きが耳朶をくすぐり、身じろぎたいのを必死に堪える。

昨晩は淫らな姿を晒してしまった。

彼は無理強いをしたわけじゃない。思いがけず心を通わせて、至福に浸りたかったのは私も同じ。

縋るような眼差しで彼を誘い、愉楽の世界へ何度も導かれた。

あれだけ溺れた経験はなくて合わせる顔がない。千家さんは早起きの習慣があるし、無防備な寝顔までばっちり見られたはずだから。

ごめんなさい、もう少しだけ時間をください。

いつまでも寝たふりはできないだろう。

それでも心の準備をしておきたい。そう思うのに、彼は吐息で私の耳朶をくすぐる。

「そろそろシャワーを浴びよう。無理をさせた身体を解してあげなきゃな」

お願いです……。色気を全開にして誘わないでください。

たちまちに心拍数が上がり、彼を知った身体が無意識に疼いた。

そういえば有馬さんが言ってた。『湊士さんはタフな男だぞ』って……。ああっ、思い出したら駄目！

有馬さんにはこの状況が読めていたのだろうか。

千家さんの恋人役を担った夜、彼の弟分が語った言葉が脳裏に過る。

それでまた羞恥に拍車がかかると、絶妙なタイミングで唇を攫われた。

「んっ……」

強引なキスは昨晩より性急だ。

唇をこじ開けられて熱く舐め取られる。口蓋を蹂躙するキスに煽られ、さすがに降参するしかない。

「千家さ……、もう起きてます！」

「分かってる。なぜ寝たふりをするんだ？」

「それは――」

激しく乱れて恥ずかしいからです。

胸のうちを吐き出したら、このままバスルームに連れ込まれそう。

それも悪くはない。けれど彼には聞きたいことも山積みだった。

「あの、私の気持ちを知っていたんですよね？」

昨晩は雰囲気に呑まれて、つい聞きそびれてしまった。記憶の糸を辿ると明瞭な問いかけが耳の深部で響く。

『君が好きな男は俺だろう？』

確信がなければあの口調にはならないよね。

じっと瞳を覗くと逞しい腕に囲まれた。私の腰を正面から抱きながら彼が頷く。

「ああ」

「いつからですか？」

間髪をいれずに聞くと、ふたりだけの寝室に優しい声が響いた。

「最初からだよ。俺の方が先に好きになったから」

思いもよらない告白に息が止まりかけた。

真摯な眼差しをそのままに彼の話は続く。

「昨日は試すような言い方をして悪かった。尊を想って卵焼きを焼いたかと思ったら我を忘れてね」

そういえば嫉妬したって言われたような……。

心を通わせる直前、千家さんの態度はおかしかった。

その発端が有馬さんへの嫉妬だと分かり、無性に胸がくすぐったい。

「私、有馬さんに特別な感情はありません。卵焼きを作ったのは電話をもらったって聞いて、それで……」

「ああ、春菜さんをずっと見てきたから分かってた。それでも万が一『他の男に惹かれたのか？』って焦ったよ。だとしてもあんな形で打ち明けるとは、自分が情けない。本当……カッコ悪すぎだな」

「そんなことありません」

彼が自嘲を込めた風に笑うから、私はすぐに否定した。

千家さんと出会えて、私の人生は明るく色づいた。

心を沈めた時はそばで支えてくれ、彼には返しきれないほどの恩がある。

だからもし、彼の心が挫ける時には寄り添いたい。

そう思っても彼は心根が強い人だ。機会は一度も訪れなかった。

だから弱気な姿を晒され、私の胸に熱が込み上げる。

「千家さんは出会った時からずっと素敵です。……それに私、いますごく幸せなんです」

慰めの言葉じゃない。

偽りなく心を晒せる彼は間違いなく素敵だ。

思うままに本音を伝えたら、漆黒の瞳が否応なしに私を引き寄せた。

「ありがとう。俺も堪らなく幸せだ」

しなやかな指先が頬をなぞり、彼は優しいキスで愛を伝えてくれる。

伏し目がちに見つめて、柔らかく唇を押しつけ合って。ソフトなタッチで唇を啄まれ、均整の取れた美しい顔が間近に迫った。

「春菜、これからはそう呼んでもいいかな?」

こんな日が来るなんて本当に夢のよう。

数日前の自分に話せる機会があっても、信じてはくれないと思う。

彼との付き合いは十二年にもなる。

この先関係が変わるなら、呼び名を改めるのは名案だろう。

「はい……、私も下の名前で呼びたいです。いいですか?」

「もちろん。それじゃあ呼んでみて」

彼は秀麗な顔をより近づけ、私の顎に手をあてがう。

もう、そんな風にされたら……。

あんまり色っぽくせがまないで欲しい。ときめきに胸が潰れてしまいそう。

彼の双眼まで煌めいて見え、私の全身はぽうっと煮え滾り始めた。

その間も期待に膨らむ瞳は私を解放しない。

だからトクトクと鼓動を刻みながら、消え入りそうな声で伝える。

「み……湊士さん」

「ごめん、よく聞こえない」

すぐさま首を横に振られる。でも心なしか彼が笑った気もした。

「湊士さん」

「ん？　もう一度」

「湊士さん……もうっ、聞こえてますよね？」

私が鈍いとはいえ、彼の態度はあからさますぎた。

クスッと笑いを落とすと彼も歯を見せて微笑する。相思相愛になれた朝は、こうして穏やかに過ぎていった。

3

湊士さんと想いが通じて一ヵ月が過ぎた。

寒さが身に染みる午後、私は髪を編み込んでお団子風にする。フェイスラインの後れ毛をふわりとさせたら、ナチュラルなまとめ髪の完成だ。

外は寒そうだなあ。でも、もうすぐ三月か。

年を重ねるごとに時の流れを早く感じる。

祖父が空に旅立ち、自宅は空き巣の被害に遭った。

不幸が続いてしまったが、思いがけない幸運も舞い込んだと思う。

まさか湊士さんと恋人同士になれるなんてね。

にまにまと頬を緩めながらマフラーでうなじを隠す。厚手のコートに袖を通して、彼と暮らす家を出た。

冷暖房完備のマンションはどこを歩いても暖かい。

エレベーターで天井高のロビーに降り立つと、コンシェルジュが笑いかけてきた。

「いってらっしゃいませ」

住民同様の扱いは湊士さんのお陰。

私はここの住民ではないものの、彼は長期滞在の申請をコンシェルジュに提出した。それで館内のサービスを受けられるようになった。

湊士さんはアクション俳優さながらの逞しい身体つきだ。

彼は暇を見つけては、館内のスポーツジムでのトレーニングを欠かさない。それに付き合っているうちに、エアロバイクには少しだけ慣れた。

その一方、見本のようなコンシェルジュの辞儀には未だに慣れない。こそばゆい思いをしながら会釈を返し、ブーツのつま先を前に進める。

実家に押し入った空き巣犯は逃げ回ったままだ。

被害に遭った家はまもなく人の手に渡る。

その前に住まいを探すはずが『まだまだ離せない』と、私を甘やかす湊士さんの誘いに乗ってしまっている。

いつかはここを出ないとね。でも、もう少しだけ湊士さんと一緒にいたいな。

極寒だというのに、湊士さんを想うだけで心が春めく。

ほっこりと心を温めながら自動ドアを潜り抜ける。そして石畳の階段を下ったところで苦笑を浮かべた。

有馬さん、今日も来てる。

マンションの敷地を出てすぐ、大通りに面した場所には彼がいた。葉を散らせた街路樹の脇でコートの襟を立て、横顔だけでも絶対零度の雰囲気は今日も健在だ。

湊士さんはいま東京《とうきょう》を離れている。

一昨日から仕事の研修で家を留守にし、今夜には東京に戻る予定だ。

その彼が不在の間、なぜか有馬さんが頻繁に顔を出すようになった。

『休暇中で暇だ』とか『腹が減った』だとか。彼は適当な理由をつけてはこのマンションに足を運んだ。

湊士さんが不在なのはすでに伝えてある。

それでも訪問が途切れないなら間違いない。彼の狙いは私だ。

ここまで信用されてないと、さすがにグサッときちゃう。

以前、有馬さんには『浮気をする可能性がある』と明言された。

記憶が正しいなら湊士さんの恋人役を担った、パーティーでの言葉だ。

一昨日、湊士さんとの交際を報告したら『そうか』と、素っ気ない返事をもらった。

表情ひとつ変えなかったし、すでに湊士さんから話を聞いていたのだろう。

有馬さんとは仲良くしたいのになあ。毎日、卵焼きをトクシツに届けちゃおうか？

彼は食べ物につられたりはしないと思う。それでも必死な気持ちは伝わる気がした。

冗談めいたことを考えつつ、颯に髪を靡かせる彼に近づく。

けれど通りに出る前に私はその場に留まった。

呼びかけすらできない。怒り心頭な有馬さんの表情に驚かされたからだ。

彼の厳しい眼差しは対峙するひとりの女性に注がれている。

有馬さんと一緒にいる人、確か宮内《みやうち》さんだっけ。

年齢は私と同じくらい、黒髪ショートの彼女は県警の警察官だ。

祖父は警察を定年後、若い警察官の教育に携わっていた。

彼女は祖父の推薦でトクシツへとお呼びがかかり、その恩もあるのだろう。祖父の葬儀にも出てくれ、線香をあげながら目尻をハンカチで拭っていた。

当時の様子が私の脳裏で薄っすらと蘇る。

有馬さんと宮内さん、ふたりはトクシツに所属する同僚だ。

それがいまは、まるで敵対するかのよう。

ただならぬ雰囲気を察して踵を返そうとする。けれどその前に、抑揚のない声が私の耳まで届いた。

「有馬警部、これ以上は看過できません」

「随分な物言いだが、いつから俺より階級が上になった？　ああ、課長のスパイに成り下がったか。それなら偉ぶる態度も分からなくはない」

有馬さんは冷淡に言い捨て、ふっと挑発的に嘲笑う。

彼は長身で肩幅が広い。やたらと顔が整っているため、蔑む表情は身震いするほど。

それでも彼女は怯まない。顎を引き上げ、淡々と意見を言い連ねた。

「私は上の方針に従うだけです。あの事件は口出ししないと結論が出たじゃないですか？　勝手に動くのは千家警視正の指示ですか？」

千家警視正って……、湊士さんも関わっているの？

尋常でないふたりの会話に彼の名前が出た。

たちまちに胸が暗雲に覆われたようになり、ドクドクと鼓動が加速する。

その間も苦悶に満ちた彼女の表情は『まだ言い足りない』と訴えていた。

けれど彼女は口を引き結ぶ。それは多分、有馬さんがこちらを振り返ったからだ。

「沢木春菜、盗み聞きとはいい度胸だ」

「す、すみません。そんなつもりじゃなかったんですけど」

いつから存在を知られていたのか、彼の視線は真っすぐに私を捉えた。

咎める言い方でも心なしか柔らかさを感じる。宮内さんと同じ態度を取られたら、私はきっと怯えてしまった。

そう思うと有馬さんなりの配慮だろう。

彼の気遣いに感謝していたら彼女はこの場を足早に立ち去った。

宮内さん、行っちゃった。挨拶もできなかったな……。

速やかに離れた姿は通りの角を曲がり、私の視界から完全に消え失せる。それから思いきって有馬さんに尋ねた。

「有馬さん、何があったんですか？」

「あいつとはそりが合わないだけだ」

これ以上聞いても無駄か。

目線まで外されて言外に『何も話さない』と意思表示をされた気がする。

さすがはエース級が集うトクシツの捜査官だ。上手く話を逸らされた。

この先、私がどう足掻いても求める答えは出てこないだろう。

有馬さん、大丈夫かな。

宮内さんは上司に逆らう有馬さんを咎めていた。

その彼は先日、まさに上司の愚痴を湊士さんに零してもいた。

志が同じ警察官同士とはいえ、気が合わない人はいるだろう。ただの性格の不一致ならやむを得ない。けれど、何かの事件が彼等の亀裂を生んだとしたら……。

やめよう、私が関わっていい話じゃないよ。

生前の祖父は捜査情報を口外しなかった。

私は警察官じゃない。ただの一般人だ。

湊士さんの関与があろうと興味本位で気にするべきじゃない。

ただひとつだけ、有馬さんに言っておきたかった。

「有馬さん、これからも湊士さんの味方でいてくださいね」

「気味が悪いほどしおらしいことを言う。なるほど、早速嫁気取りか」

有馬さんは毒を含ませ、わざとらしく鼻を鳴らす。

普段よりずーっと底意地が悪いなあ。やっぱり話を逸らしたいんだ。

これ以上は彼等の問題に口を挟まない。

そう腹を決めても言われっぱなしは悔しい。たまには負けじと応酬してやる。

「私が湊士さんと結婚したら、この監視はやめさせますからね！」

ただの冗談だ。けれど真に受けたのか、有馬さんが石のように固まる。

正しくは息を呑んだだけ。その彼にまじまじと凝視された。

わわ、ものすごく驚いてる！

本気に取るとは思わなかった。決まりが悪くておずおずと言う。

「ごめんなさい……嘘です。そんな予定はありません。でも、安心していいですよ。そんなに見張らなくても浮気なんて絶対にしません。私こう見えて一途ですし、それに——」

湊士さんが大好きですもん。

胸中に落とした言葉はとても言えない。有馬さんのことだから『ぽやんとした顔でのろけるな』と嫌味のひとつも補足されそうだ。

その有馬さんは依然として微動だにしない。

あれ、聞こえてなかった？

気を失ったかの彼を窺うと、低い呟きが耳に届いた。

「有馬さん、いま『頓珍漢《とんちんかん》で助かる』って言いましたね？」

「空耳だ」

嘘、絶対に言ってた！

白々しく顔を逸らされ、さすがに食ってかかる。

「どういう意味ですか？」

「出かけるんだろう？　付き合う」

あからさまに話をすり替えられ、私は大袈裟なまでにため息をつく。

まるで被疑者を追う刑事のごとく、彼は地球の裏側にだってついてくるつもりだ。

恨みがましい眼差しを向けたって彼は動じない。

警察官を振りきる能力も私にはない。

詰まるところ諦める選択しか残されていなかった。

あーあ、どうしたら信用してもらえるんだろう。

胸中は不満でいっぱいだ。それでも仕方なしに彼と足を進めた。


時間にして五分ほど歩き、私達は大型書店に到着する。

レジ付近の平積みスペースには、ベストセラーと謳われる本が所狭しと並んでいた。

私の目当ては流行物とは違う。取り寄せをお願いした写真集だ。

その入荷連絡をもらったため、ここまで足を延ばしたわけだった。

「すみません、取り寄せをお願いした沢木です」

レジで来店の目的を伝え、ようやく目当ての本が手に入る。

わざわざ取り寄せをしたのは蝶の写真集だ。

表紙はアゲハ蝶の羽ばたきを捉えたもので、つい感慨深い声が出た。

「湊士さん、驚くだろうなあ」

「それはどういう意味だ？」

「実はこれ、湊士さんとの思い出の一冊なんです」

当時の記憶が蘇り、過ぎ去った日々を懐かしむ。

そこで有馬さんがグイッと顔を寄せてきた。『離せ』と真顔で迫られ、さすがに不快感を露わにする。

「嫌です。せっかく取り寄せたのに有馬さんには渡しません！」

断固拒否の姿勢を貫き、ギュッと写真集を胸に抱く。すると、有馬さんがみるみるうちに物憂げな顔になっていった。

なんだろう、この……『頓珍漢がすぎるぞ』って顔は……。

彼の目尻は垂れ下がり、漆黒の双眼には憐れみさえ感じる。

目前の態度に首を傾げると嘆息交じりの声が響いた。

「『離せ』じゃない。『話せ』と言ったんだ」

なんだ、そういう意味だったのね。

早合点だったが、いまのは彼だって言葉足らずだと思う。

まあ、いいか。有馬さんが興味を示すなんて珍しいし。

写真集を手提げバッグに仕舞い、ふたりで書店を後にする。

冷たい外気に鼻を赤く染めながら、私は過去の扉をノックした。


中学二年の夏休み、私は図書館へ足を運んだ。

叩きつける雨音がやけに煩い。それで窓を見やったら冴えない顔の自分がいた。

おじいちゃんの言う通りだな。私ったら酷い顔してる。

心で自嘲気味に笑うと、せっつかれた祖父の声が耳にこだました。

『冴えない顔してないで本でも読んでこい』

祖父は勘が鋭い。だから落ち込む孫の様子を察したのだろう。

二ヵ月前、私のクラスで仲間外れが発生した。

いわゆるスクールカースト上位層の仲間割れだ。リーダー格に嫌われた生徒がターゲットにされ『やめなよ』と私は訴えた。

ところが手厳しい返り討ちを食らったのだった。

『ビビッてんじゃん、ダサッ』

確かに声が震えていたし、極度の緊張状態で顔は真っ赤。

これ以上の恥をかきたくないと、私は逃げるように俯いた。

ほどなくして仲間割れの件は解決した。

加害者側が改心したわけじゃない。リーダー格の生徒が親の転勤でいなくなっただけ。

教室に平穏が訪れ、それはよかったと思う。

でもあの日以来、私の心には『臆病』が棲みついた。

もうあんな真似はやめよう。だって勇気を出しても無駄だった。何も変わらないなら傍観者と同じじゃない。

そんな風にいじける自分が嫌いになりかけていた……。

私って本当に、おじいちゃんの孫なのかなあ。

私の祖父は警察官だ。

県警に所属する刑事だが、非番の日には若者を補導しに街をぶらつく。

『おじいちゃん、どうしてそこまで頑張れるの？』

ある時私が聞いたら、祖父はニヤッと片側の口角を上げて答えた。

『筋を通す男ってカッコいいだろう？』

その言葉の通り、孫の私から見ても祖父はカッコいい。

同僚の刑事にまで慕われる祖父と比べ、不甲斐ない自分が情けない。

そんな誇らしい祖父に尻を叩かれ、私は図書館にやって来た。

読みたい本もないんだよねえ。そうだ、おばあちゃんのために借りよう！

祖母の趣味は旅行だ。

体調が悪くなければ今頃、蝶が飛び交う林道を歩いていた。

夏風邪で寝込んだ祖母のために本を借りたらいい。

早速、生物学コーナーでパラパラとページを捲り写真集を選ぶ。

それを胸に抱えて歩く最中、誰かの背中にぶつかってしまう。激しい雨音に気を取られ、前にいた男性に気づかなかった。

「す、すみません！」

「ごめんね、大丈夫かな？」

よそ見をした私が悪いのに、彼は写真集を拾い上げる。汚れがないか確認してから、どうぞとばかりに差し出してきた。

「あ、ありがとうございます」

気品に溢れた微笑までもらい、ドキドキと胸が高鳴る。

彼は友達が推すアイドルより素敵だ。美形の条件のひとつ、パーツの配置は理想的。見事に左右対称な上、スタイルまで抜群だった。

私が知らないだけで芸能人かな？

それなら自慢ができる。久々に心が浮き立つと、彼がぼそっと呟いた。

「バタフライエフェクトか」

彼の視線は私の手元に注がれていた。

たったいま受け取った写真集、その表紙はアゲハ蝶が飛び立つ瞬間を捉えたもの。

「へえ、てっきりアゲハ蝶だと思ってました」

理科の授業でおなじみのアゲハ蝶ではないらしい。

似ている蝶がいるんだなと納得した矢先、彼が首を横に振る。

「いや、アゲハ蝶で正解だよ」

「でもいま、バタフライ何とかって……」

「ああ、それは――」

彼が声を紡ごうとした時、コホンッと近くから咳払いがした。

言外に『図書館は静かに』と促されて彼と顔を見合わせる。

「話の続きはあっちで」

ぐっと潜めた声で誘われ、私達は飲食用のスペースに場所を移した。

自己紹介がてらに聞いたら彼は大学生だった。

その彼が何気なく呟いた『バタフライエフェクト』。

バタフライは『蝶』、エフェクトは『効果』という日本語の意味があった。

「バタフライ効果とも呼ばれていてね、カオス理論の予測関連性とか……まあ、小難しい話を省くと『蝶が羽ばたくほどの些細な事象でも、予測困難な大事態を招く可能性を秘めている』ことだね」

「蝶の羽ばたきが……ですか」

どうしてアゲハ蝶が羽ばたくと、ものすごいことが起きちゃうの？

あまりにも壮大すぎてピンとこない。

こめかみに指を添えて考え込むと、彼がガタッと椅子を鳴らした。

あれ、どうしたんだろう？

一瞬、彼が帰ると思った。でも違う。

彼の足はここから離れたテーブルへ向かった。その卓上には誰かが捨て忘れたパンの袋がある。彼はごみだろう袋をダストボックスに捨てて戻ってきた。

そして今度は、悪戯っぽい笑みを私に投げつける。

「いまから君の心を読むよ。『私が捨てようと思ったのに』だね？」

「どうして分かったんですか⁉」

ここが会話可能な飲食スペースでよかった。

自分でも引くほどの声を上げ、慌てて口を両手で隠した。

「あのテーブルをチラチラ見ていただろう？　俺の話が終わったら、あのごみを捨てに行くと思ってた」

「すごい、その通りです」

祖父がこの場にいたら刑事にスカウトするだろう。

脱帽する私をよそに、彼は穏やかな口調で話を続ける。

「つまりそういうことだよ。『ごみを捨てたい』という君の善意が、あのテーブルを綺麗にした。ひょっとしたら──」

そこで彼の視線はガラスの壁を隔てた館内へと動く。

「あそこにいる誰かが、俺の姿を見て『次は自分が』って思ったかもしれない。そうして善意の連鎖が続けばこの町からごみが消える。すべては君のお陰ってわけだ」

「それは……話が飛躍している気がします」

「あくまで可能性の話だよ。それでも、たったいま俺を動かしたのは君だ」

彼は眼差しを真っすぐに断言する。その瞬間、心がじんわりと温まるのを覚えた。

『ビビッてんじゃん、ダサッ』

あの日以来、私は臆病になった。いまは少し違う。

もし同じ状況になっても傍観者にはならない。

だって、彼みたいな味方が現れるかもしれない。

ひょっとしたらあの時だっていたかもしれない。勇気がなくて言えなかっただけで
『次は自分が』って思う誰かが……。

可能性は無限だ。そう思ったら元気が出た。

晴れた気持ちで笑えたのは久々だった。自然と口角がつり上がる。

「善意の連鎖、いい言葉ですね。そうやって世の中がよくなるといいです」

「そうだね、微力でも一緒に頑張ろう」

彼と笑い合いつつも、心のどこかでは分かっていた。そんなに上手くはいかないだろうと……。

だって、社会が善意に溢れていたら祖父は多忙にならない。

祖父は心が強い人だ。それでも時々、やるせなさそうに零していた。

些細なきっかけで平坦な人生から足を踏み外す。

犯罪だけじゃない、時代が生み出す価値観や偏見。

世界は理不尽に溢れ、たったひとりの力では抗えない。だから『味方が必要なんだ』と祖父は言った。

思わぬ悪意に足元がすくわれかけても、すんでのところで思い留まる。

家族、友人、漫画に登場するヒーローのカッコいい生き様。心の支えとなる存在が正しく導いてくれる。

たったいま、私は彼の言葉に救われた。

この出会いが運命を変える。

大袈裟かもしれないけれど、そんな予感があった。


昔を懐かしみつつ湊士さんとの出会いを語った。

この話にはまだ続きがある。けれど、マンションに到着してしまう。

「有馬さん、寒くないですか？」

エントランスへ続く階段を上がりつつ、私は冷えた頬を手袋で覆った。

天気予報によると、今日の最高気温は三度だ。

何事にも動じなさげな有馬さんでも、さすがに堪える寒さらしい。

彼は鼻先を手で擦りながらコクッと首を縦に振る。

「寒い」

「それじゃあお茶でもどうですか？　美味しい和菓子もありますし」

有馬さんは甘党だ。和菓子と聞いて心がくすぐられたのだろう。

ほおっと期待に膨らむ吐息が漏れる。でも、すぐに彼は忌々しく顔を歪めた。

「仕事だ」

微かな振動音は彼のスマートフォンからだろう。

呼び出しに心当たりがあるらしく、有馬さんはため息をつく。

「お休みなのに大変ですね」

「善意の連鎖をぶち切った悪党がいるんだろう」

苦虫を噛み潰したような顔で言い捨て、彼は石畳の階段を足早に下る。

その途中で何かを言い忘れたのか、ふっと私を振り返った。

「今日は外には出るなよ」

それは監視ができないからですか？

心の声はあえて口にしない。伝えたところで適当にはぐらかされるだけだから。

どこまで信用がないのか、ほとほと悲しくなってきた。

「必ずだ」
しっかりと念押しをして、彼は小走りにマンションの敷地を後にした。
あの様子じゃあ、時間をかけて懐柔するしかなさそうだな。
私の長所は諦めがいいところ。
気持ちを改めて石畳を進み、マンションの自動ドアを潜る。
そこで思いがけずコンシェルジュに呼び止められた。
「沢木様、おかえりなさいませ。お手紙が届いております」
「私にですか？」
私の居所を知る人物はごく僅かだ。職場の人と隣家の木村さんだけ。
『家が空き巣に入られ、しばらく知人宅に身を寄せる』
職場の保育園にはそう伝え、木村さんには千家さんとの関係を正直に打ち明けた。
手紙って誰からだろう。
職場から手紙は届かない。だから木村さんだろうと当たりをつけた。
まさか、また縁談の話じゃないよね？
千家さんと恋人関係になったいま、縁談の可能性は極めて低い。
身上書をもらった縁談も断りを入れてある。どんな用事だろうと不思議に思いつつ、カウンターへ近寄る。

するとコンシェルジュの彼女がにこやかな笑みで告げてきた。

「こちらは千家誠一郎様が直接お持ちになりました」

「えっ……」

まさかの名前を出され、思わず目が丸くなる。

湊士さんのお父様が、どうして私に？

差し出された封筒は見るからに上質そう。封蝋付きの手紙をもらう理由には心当たりがない。

さすがは高級マンションのコンシェルジュだ。

当惑に包まれた私の様子を見逃さず、気遣う眼差しを投げかけた。

「受け取り拒否も可能ですが、いかがいたしましょう？」

「いえ、大丈夫です」

ひとまず受け取って、湊士さんに聞いたらいい。

どんな内容でも受け取り拒否は失礼だ。手触りのいい純白な封筒を両手で預かり、
私はロビーを後にした。

それから二時間後、湊士さんが出張から帰宅した。

彼の自室で手土産の紙袋を受け取り、私からは未開封の手紙を差し出す。

「あの、湊士さんのお父様から手紙をいただきました」

「手紙？　ひょっとして直接持って現れたのか？」

湊士さんは封筒の表裏を確認し、たちまちに怪訝な顔をする。

「コンシェルジュの話ではそうみたいです。私は出かけていたので、お会いしてないんですけど」

手紙は私宛だった。だから湊士さんを待たずに読んでもいい気がした。

しかし迷った末にできなかった。目を通すのが怖かったから……。

何が書いてあるんだろう。

どうしたって手紙の内容が気になる。

こうして届くなら湊士さんは私との関係を話したのだろう。

付き合ってすぐに同棲なんて『ふしだらな娘』と思われたかな。

湊士さんとの交際は始まったばかりだ。未来を誓い合ったわけじゃない。

たとえ、良好な関係が続いても結婚はしないと思う。

明るい未来を思い描いたら駄目。結婚となると彼の家族は反対するだろうから。

それも仕方がない気がした。

湊士さんとは不釣合いの自覚がある。いまは幸せでもこの関係はいずれ終わりを迎える。

その覚悟は念頭にあっても、まだ先の話だと高を括っていた。

同棲なんてしたから結婚を望んでるって思われたのかな。

手紙次第で不幸が訪れるだろう。

一抹の不安がさざ波のように押し寄せ、私の心を暗い影で覆う。

それでも脳に指令を出して無理にでも笑う。

「やっぱり家を探します」

いずれ別れることになっても、もう少しだけ関係を続けたい。

結婚したいとか贅沢は言わないから、どうか……。

判決を待つ被告人のように、私は祈る気持ちで心臓を鳴らす。

それは時間にして僅かだ。気がつくと羽毛のような温もりに包まれていた。

私を正面から抱きすくめ、湊士さんは掠れ気味の声を漏らす。

「駄目だ、どこにも行かせない」

「でも、こんな同棲まがいの関係は千家さんのご両親が反対するはずです」

「それはあり得ない。『早く嫁に来てもらえ』とせっつくくらいだから」

いま、なんて……？

予想外の言葉に泡を食う。

二の句が継げずにパチパチと目を瞬かせたら、湊士さんが腕の力を緩めた。

見つめ合う一瞬、右の頬に優しく手があてがわれる。

「春菜、この先の人生は君に捧げたい。俺と結婚して欲しい」

聞き違えならこの耳を引きちぎりたい。

そんな衝動に襲われた矢先、吸い込まれそうな真摯な瞳に射貫かれる。

「妻にするなら春菜しか考えられないんだ」

結婚……、湊士さんと私が？

感動は少し遅れてやってきた。

トクトクと鼓動が歓喜の悲鳴を上げ、身体が小刻みに震える。

そんな些細な動揺さえ彼は見逃さない。端整な顔を間近に迫らせた。

「驚かせて悪い。でも、父から手紙が届いて妙な思い違いをしただろう？」

彼には敵わない。素直に項垂れると小さく笑う気配がした。

「俺の家族は春菜との結婚を大歓迎だ。手紙は『早く会わせろ』って催促だろうな。

父はああ見えてせっかちだから」

湊士さんは微笑をそのままに、ハサミを使って封筒を開ける。

「やっぱりだ。『来月の花見会に是非』って書いてあった」

「本当ですか？」

「ああ、春菜も見てごらん」

ひらりと便箋を見せつけられ、その内容に目を走らせた。

湊士さんの実家では毎年、花見のシーズンに親戚一同が集うらしい。

その席で会えるのを楽しみにしていると、万年筆で書き綴った内容に安堵した。

「私、交際は反対されると思ってました」

「それはあり得ない。実は縁談の話は俺にもあって『心に決めた相手がいる』と父には断りを入れていたんだ。『結婚したくないだけだろう？』って疑われたから、例のパーティーで紹介しようと思ってたんだが」

彼の恋人役を担った夜『父に紹介したかった』と言われた覚えがあった。

「湊士さん、ひょっとしてあの時にはもう……」

「ああ。何が何でも春菜を妻にするつもりだった」

密かな計画を打ち明け、湊士さんは切れ長の瞳を細める。

漆黒の瞳が柔らかな弧を描き、優しい眼差しが私を捉えた。

「父に似てせっかちで悪い。できればすぐに返事が欲しい」

心が通じただけでも奇跡だと思った。彼以上に愛せる人はいない。

心を打たれるままに蚊の鳴くような声で返事をした。

「ふつつかものですが、よろしくお願いします」

ああ、もう少し言葉を選べばよかったな。

後悔先に立たずとはまさにこれだと思う。胸中で叱責した矢先、そっと唇が奪われた。

三日ぶりの口づけはたっぷり煮詰めた砂糖のよう。

えらく官能的なキスに酔いしれ、息継ぎごとに視線を絡める。

「春菜、本当はもっと早く手に入れたかった」

「もうとっくに……」

気恥ずかしい言葉を吐くと、湊士さんは僅かに眉を顰めた。

「駄目だ。法律で縛らないと逃げられたら困る」

「それはあり得ないです」

私が湊士さんから逃げるわけがない。

冗談でもクスッと笑ったら「おいで」と傍らのベッドに誘われる。

上から組み敷く彼が身を沈め、その口元には妖艶な微笑が浮かんだ。

骨ばった指の動きは普段より性急でスカートの内側を探られる。

それだけで身じろぐのに、耳を甘噛みされたらもう堪らず声が出た。

「あっ――」

甘美な声を無理に飲み込み、シーツがちぎれるほどに手で絞る。そうして快感を逃した途端、熱の籠った眼差しで瞳が射貫かれた。

「ほら、すぐに逃げようとする」

「だって、これは……んっ」

漏れた声の甘さは眩暈がするほど恥ずかしい。

それでも乞われたら抗えない。

ベッドを沈ませながら腿の付け根からもっと奥を探られた。骨ばった指に蕩けた蜜を引き出され、弾ける水音が愉楽へと誘う。

「春菜、どこにも逃がさない。君の居場所はここだ」

たっぷり双丘を欲しがられ、キスの豪雨が私の身体に降り注ぐ。

胸の先端を舌で転がされた後は、掌で揉み解されて。

彼は普段より性急に高みへと導いた。

そして甘い戯れの果てに温かな私の泉に身を沈めにくる。どちらとも知らない蜜を弾き、彼は悩ましげに腰を打ちつけた。

「はっ……ん、湊士さ……」

汗を迸らせた余裕のない表情さえ愛おしい。

プロポーズの直後だからか、感極まって私の目尻から涙が溢れる。

つうっと頬を伝う涙の雫は優しい口づけが攫ってくれた。それだけで胸にくるのに、彼は殊更に泣かせにくる。

「春菜、愛してる」

独りよがりじゃない疾走に意識が飛ばされる。

艶めかしく最奥を目指され、甘い陶酔の波に呑まれていった。

4

楽しい夢を見た。その世界の私には父がいる。
その人は背がひょろりと高く、右手の甲に傷があった。
痛々しいミミズ腫れの痕に、幼い私はちゅっとキスをした。
それは父から教わったおまじない。
私が転んで怪我をしたら『痛い痛い、なくなれー』と父がやってくれた。
そのおまじないを母は好きじゃない。
『消毒した方がいいのに』
母はぶつぶつと零しては父をしょんぼりさせていた。
それからほどなくして、父は新しいおまじないを考えた。
今度はキスの代わりに息を吹きかける。
それを見て『尻に敷かれてやがる』と祖父が笑った。
父は歌がへたくそだ。
歌詞をすぐに間違えるし、音程だって外しまくり。

でも手先はすごく器用。折り紙が上手でおもちゃを壊したらすぐに直してくれる。

そんな父を私は大好き。

無邪気にしがみつくと、優しく抱き締めてくれた。


春の暖かみを感じ始めた三月、私はソファから起き上がる。

いけない、買い物に行かないと……。

少しだけのつもりが随分とうたた寝をした。

沈みかけの太陽が見え、私はいそいそと自室に向かう。

湊士さんの婚約者になって二週間が過ぎた。

来月には彼の家族との顔合わせがある。親戚一同が集う花見の会で、私は湊士さんの婚約者として出席する予定だ。

顔合わせなんて緊張しちゃう。でも湊士さんがいるから大丈夫。

何があっても彼は私を優先してくれる。最近では、そう自惚れるくらい愛されている自負があった。

なんだか、やたらと眠くなっちゃう。

一昨日、職場の保育園ではひな祭りのお祝いをした。

この時期は気候が緩やかに春めいて眠気に襲われる。
それとは別に、湊士さんの部屋で朝を迎えてばかりだからだろう。
せっかく家具を揃えてくれたのに、自室は着替えに入るだけ。
『たまには自分の部屋を使わないと』と申し出ても湊士さんがそれを許さない。
「本当に幸せだなあ」
自室のクローゼットを前にして愛情深い彼が愛おしい。にまにまと頬を緩めながら、
私はコートの袖に手を通した。
今日は日曜で私は仕事が休みだ。片や湊士さんは出勤している。
このところ彼は多忙で面持ちにも疲れが窺えた。
今日は早く帰れるって言ってたよね。
仕事の手助けはできなくても胃袋は元気づけられる。
夕飯のメニューを考えながら買い物に向かうことにした。
いつものようにコンシェルジュに見送られ、エントランスの外に出る。
そこで思いがけない人と出くわした。
「春菜ちゃん！」
「木村さん、どうしたんですか？」

彼女と会うのは久々だ。

ここの住所は知らせていたが、わざわざ出向くなんて驚いた。

「もう、何度も電話したのよ」

「えっ……」

不満そうな声を受け、私はスマートフォンを確認する。

表示された着信は三件。どうやら居眠りの最中に電話があったらしい。

電話に気づかないくらい爆睡とか、疲れてるのかな?

まもなく職場の保育園は卒園式だ。

何度経験しても旅立つ姿は胸を打たれる。

子供達にとっては晴れの舞台だ。担任の私がミスは許されない。身を引き締めて予行練習に臨んでいるし、心身共に疲労困憊なのだろう。

「すみません、気づきませんでした」

「ここで会えたからいいわよ。それでねえ……」

彼女がちらっと背後に視線を投げる。それで、こちらを気にする存在を知った。

あの男の人、誰だろう?

一瞬、木村さんの息子かと思った。けれど目を凝らして見たら違う。

結婚を機に木村家を出た彼は中年で背が低め。

そこにいる彼は湊士さんに引けを取らない背丈だった。

身体の線は鉛筆のように細く、ダウンジャケットの襟を立て寒さを凌いでいる。

うろうろと何をしているの？

所在なさげに辺りを行き来する姿は不審者のよう。

疑惑の目を向ける私を尻目に、木村さんが声を潜めた。

「春菜ちゃん、冷静に聞いてね」

「なんでしょう？」

そんな前置きをされたら身構えてしまう。

僅かに心拍数が上がると、彼女が真剣そのものに声を紡いだ。

「あそこにいる彼、あなたの父親なのよ」

「えっ……」

驚愕の発言が耳をつく。二の句が継げずに呆然となった。

嘘でしょう、だって……。

私の人生に父はいない。

家族と呼べるのは母と祖父母だけ。物心がついた頃からその生活が当たり前だった。

父との思い出は数える程度、顔だって写真でしか知らない。
でも木村さんは違う。
彼女は実家にいた頃の父を知り、尚かつ親しかった。
彼女が断言するなら間違いない。それでも現実味がなかった。
あの人が、私の父親？
これまでずっと消息不明だった。生存すら分からなかった父親が突然現れた。
彼の心中を読もうと視線を投げつける。すると、ふっと目を逸らされた。
そのバツが悪そうな態度が事実だと裏づけた気がした。
そう、本当にお父さんなのね。
ドクドクと鼓動を鳴らして現実を受け入れる。
今更現れたって……何を話せばいいの？
ただただ困惑が胸に広がる。下唇を軽く噛んだら木村さんが気遣ってくれた。
「驚くのも無理はないわ。私もびっくりして腰を抜かしそうだったから」
「あの、木村さんはどうしてあの人と一緒に？」
父とはまだ言いたくない。そう呼べるほど彼とは親しくないからだ。
「私が散歩から帰ったら、春菜ちゃんの家の前をうろついてたのよ。顔を見てもピンとなかったんだけどね、昔話で盛り上がったから間違いないわ。ねえ、こっちにいらっしゃいよ」

木村さんが声を飛ばし、彼がのろのろと近寄ってきた。

「久しぶり……だね。元気だったかな？」

彼はたどたどしい喋りで鼻先を指で擦る。その右手が視界に入った途端、私は目を瞠った。

その傷はっ……。

右手の甲のミミズ腫れ。痛々しいその傷痕は覚えがある。

母が大事にした家族写真、そこで笑う父の手にはその傷があった。

先程の夢は私の妄想じゃない。昔から何度も夢に見た父との思い出だった。

ミミズ腫れの痕、ひょろりと高い背丈。

彼の特徴は写真の父と合致していた。

二十年以上の時が流れているため、実物は写真よりも老けている。

父は実家まで足を運んだらしい。

自分の意思で戻ってきたなら、もっと早く決断して欲しかった。

お母さんが生きているうちに、戻ってきてくれたら……。

母は父に会いたがっていた。離婚後も想い続けていたと思う。

胸のうちを直接聞いたわけじゃない。

私が勝手に決めつけただけ。それでも当たらずといえども遠からずだろう。

母は家族の写真を時々眺め、愛おしそうに父に触れていた。何度も指で擦り、そのせいで顔がよく分からなくなるほどに。

だから夢で会う父は朧げだった。

それだけ想っても母は父に会えなかった。

困惑に憤怒、そしてやるせなさ。様々な感情がない交ぜになる。

唐突に右手が痛みを覚える。

無意識に手を握り締め、その掌には薄い爪痕が生まれていた。

母の心を思ったら無性に感情が昂る。

それでも平静を保とうと息を吐き、次に彼を見据えた。

「本当に、私の父なんですね？」

「ああ、家族の写真も大事に持ってるよ」

父が見せつけた写真は母も持っていた。

きっと撮影した際に二枚をプリントしたのだろう。

実家を背景にした写真は年季があり、父の顔が朧げなのまで変わらない。

古びた写真に視線を走らせ、私はこの状況を受け入れた。

二十年以上も会っていないのに写真は大事にしてたんだ。

父については記憶がないに等しい。だから冷たい人だと決めつけた時もあったし、心優しい人だと希望を抱いた時もあった。

実際の父はどんな人だろう。

ちらっと目線を預けると、なぜだか彼が声を乱した。

「まだ疑ってるんだな。この傷に見覚えがあるだろう？　あの時は大騒ぎだったなあ」

父は懐かしそうな声音で右手の甲を擦る。

そこにミミズ腫れがあるのは知っていた。母の写真を見たからだ。

でも彼が言う騒ぎは何のことだろう。

「すみません。大騒ぎっていうのは？」

「えっ……、あの時のことを覚えてないのか？」

私の反応は想定外らしい。

彼は救いを求めるように木村さんに目配せをする。

「木村さんは知っていますか？　春菜の二歳の誕生日のことですが」

「春菜ちゃんの二歳の誕生日？　……ああ、思い出したわ！　あの日は大変だったわねえ」

木村さんには心当たりがあるらしい。しみじみと頷く彼女に尋ねた。

「木村さん、何があったんですか？」

「春菜ちゃんは覚えてないわよね。近所に小さな公園があるじゃない？　そこの柵が劣化して穴が開いていたの。幼いあなたがそこを抜けようとしたら『危ない』って、お父さんが手で庇ってくれたのよ。出血がすごくてねえ。『ぱぱが死んじゃう』って大泣きだったわ」

知らなかった。ミミズ腫れは私を守るためだったんだ……。

いまでも傷痕があるくらいだ。出血もあったようだし、父は深手を負ったのだろう。

私は大事に想われていた。

当時の状況が明らかになったいま、切なさがより胸をつく。

ある日突然、父は家を出た。

押印した離婚届と、短い書き置きだけを残すという身勝手な行為だ。

両親の離婚事情を知ったのは中学生の頃。

恋愛観も身についた時期だから私は怒り心頭だった。

それでつい父を罵ったら『優しい人だったの』と母は切なそうに零した。

その姿に胸が抉られ、愛情の深さは幸せに比例しないと知った。

顧みても瞼の内側が焼けるよう。唇を小刻みに震わせて悲痛な訴えをぶつける。

「私が大事だったんですね」

「ああ、そうだよ」

「それならなぜ、理由も告げずに家を出たんですか？」

冷静に話をしよう。

思い至ったのは父への配慮じゃない。気を揉む様子の木村さんのためだ。

「し、仕方なかったんだ。お父さんも色々と苦しくてね。実は、いまも困ってる」

苛立ちを募らせたら父がたじろぎを見せた。

救いの手を求めるように彼の視線は木村さんへと流れる。

「お父さん、お金に困ってるそうよ。私は年金暮らしでしょう。だから『ごめんなさいね』ってお断りしたら、春菜ちゃんの居所を教えて欲しいって話でね」

なんだ、だから会いに来たのね……。

父の事情を知って心が折れかける。

二十年以上も音信不通だった。それでやっと現れたら金の無心だなんて。

身勝手な申し出に木村さんは、どれだけ困惑しただろう。

「木村さん、ご迷惑をおかけしました」

「いいのよ。私の方こそ……ごめんなさいね」

彼女は沢木家の事情に詳しい。落胆する私の心も手に取るように分かるはず。

慰めの眼差しをもらい、ますます申し訳が立たなくなった。

「あの、ちょっと……」

木村さんをこれ以上は巻き込めない。父とのやり取りも見せたくない。

彼女から離れよう。そう心に決めて父を促し、ふたりで大通りの歩道まで向かった。

「いくら必要なんですか？」

「これくらいかな」

あえて冷淡に言ったのに父は微塵も悪びれない。

人差し指を突き上げられ、私は心底呆れ果てる。

こんな人だなんて、がっかり。

正直なところ、あまりにも図々しいし突っぱねたい。

でも木村さんを巻き込んでしまったから、いち早く事を収めたかった。

一万円を渡したら、これで終わりにしよう。

父親はいないと思って生きてきた。

存在しないも同然だったし二度と会わなければいい。

げんなりしながらもバッグから財布を取り出した。ちょうど財布には一万円がある。

それを無言で差し出すと予想外の答えをもらった。

「いや、桁が違う」

「えっ……」

十万円ってこと⁉

それほどの大金は持ち合わせていない。仮にあったとしても容易に貸せる額じゃない。言葉を失う私に構わず、父は狡猾な声音で続けた。

「ここ、すごいよなあ。木村さんから聞いたぞ、彼氏のマンションらしいな。ひょっとしてセレブか？」

それを聞いてどうするつもり？

心が酷く乱れて、スッと全身から血の気が引く。

感動的な再会を望んだわけじゃない。どんな理由があっても母と私を捨てた人だ。

それでも母が愛した人だから信じていた。

違う、私が信じたかっただけ……。

私は捨てられたんじゃない。父には誰にも明かせない深い事情がある。

そう思うことで心の安定を保っていた気がする。

馬鹿だなあ、私……。

現実は残酷だ。やりきれなさに胸が裂けるのに父は容赦がなかった。

「今日はこれでいいよ」

ああ、やっぱりそうなるのね。

湊士さんの話題が出た時点で勘づいていた。

金の無心は一度では終わらない。この先何度も父はせびるつもりだ。

信じられない、どれだけ無神経なの？

氷水を浴びたように心の冷却が加速した、その時――。

「沢木さん」

鋭い声音から男性と思ったら違う。先日、この辺りで会った宮内さんだ。

彼女は父よりずっと背が低い。けれど顎を上向きにして彼を睨めつける。

「あなた、金銭の要求をしていましたね？」

「いや、その……」

「沢木さん、ひょっとして恐喝ですか？」

「違います。大丈夫です。私達は……家族ですから」

父を庇ったわけじゃない。身内の恥を晒したくなかっただけ。

それでもこんな人を家族だと認めたくなかった。

どうにか笑って見せたら父が安堵の表情になる。

「春菜、また来るよ」

彼女の詮索から逃れたいのか、父はこの場を走り去った。

その姿が雑踏に紛れても私の心は晴れない。灯りのない迷路に佇むように暗い闇に占領されていた。


父と再会した夜、湊士さんから電話があった。

湊士さん、結局今日も遅いのか。

彼との電話を終えて、どこかほっとする自分を見つける。

普段なら彼の帰宅は待ち遠しい。けれど今夜だけは事情が違う。

父は最低な人だった。その事実に打ちのめされていたから……。

木村さん、それと宮内さんにまで迷惑をかけちゃったな。

父が去った後、あのふたりとはすぐに別れた。

木村さんには『元気を出してね』と慰めをもらい、そのやり取りを宮内さんは探るような眼差しで眺めていた。

宮内さんとも別れる前、少しだけ話をした。

彼女は有馬さんを捜すためにこのマンションに来たようだった。最近は会ってないと告げたら『無駄足でしたか』と残念そうに答えていた……。

そういえば有馬さんを捜してるって、どういうこと？

ふたりはトクシツに所属する同僚だ。それなのになぜ、彼の居場所が分からないのだろう。今更ながら気になるも、警察内部の事情に口を挟むべきじゃない。

父の件で地に落ちそうな心を奮い立たせて、キッチンと向き合った。

ご飯を作ろう。元気がない時こそ食べないと駄目だ。

一旦、父のことは忘れて夕飯の準備に取り掛かる。

今夜のメニューは和風ハンバーグだ。大根おろしは彼が帰宅した後でいい。

まずは玉ねぎをみじん切りにし、ひき肉と調味料も混ぜ合わせてタネを作る。玉ねぎは炒めた方が甘味が出るものの、生の方が食感を楽しめるから今日はこちらの方がいい。

タネを楕円形に整えてフライパンで焼き目をつける。それからサラダとスープまで完成させた。

「お母さん、どうしてあんな人を好きになったんだろう」

サラダ用のまな板を洗いながら、つい愚痴が零れる。

母には悪いが、父の良さが分からない。

調理器具を手早く洗い、答えを求めてキッチンを離れた。

お母さん、ごめん。日記を読ませてもらうね。

エプロンを着けたまま自室に向かい、そこで母の日記に目を走らせる。

祖父と同じように母も日記をつけていた。

祖父の日記は湊士さんに預けてある。祖父の遺言に従ったからだ。

その一方、母からの遺言はない。

不幸な事故で他界したため、母の思いを知る術は日記だけ。

家族とはいえ心を覗くのは躊躇いがあって今日まで読まずにいた。

この先もずっと仏壇の奥に潜め『一生開けない』と誓っていたのに。

ああ、やっぱりね。

パラパラと捲っただけでも胸が痛い。

私の予想通り、母は離婚した後も父を想っていたようだ。ミミズ腫れの原因、先程知った公園での出来事も書き綴られてある。

お母さん、騙されていたんじゃないのかな。

そう思うほどに父の印象は最悪だ。

宮内さんが現れなかったら、あの場で一万円を渡していた。

それだけでは終わらないだろうし、あげないでよかった。

『春菜、また来るよ』

悪びれない声が耳の奥底から聞こえ、いまにも胸が圧し潰されそう。

あの言い方はまた会いに来る。

そうだとしても会わない。湊士さんにだって絶対に会わせない。

お願いだからもう来ないで……。

考えるだけで身体が悪寒のように震え、母の日記を強く抱き締めた。

二日後、晴天に恵まれた午前に卒園式があった。

旅立ちを祝う式は滞りなく終わり、私はレンタルで借りた袴を返却する。

その帰り道、夕日に色づく道路に佇む女性を見つけた。先日会った宮内さんだ。

「沢木さん、少しお時間をいただけますか？」

心なしか切羽詰まった様子に見え、私は狼狽を隠せない。

「何かあったんですか？」

「落ち着いて話せる場所に行きましょう」

手短に終わる話じゃないんだ……。

以前、彼女は有馬さんと揉めていた。

口論の内容までは分からないものの、そこに湊士さんの名前もあった。

一体、どんな話だろう。

彼女の態度から喜ばしい話ではなさそうに思う。

昔から悪い予感ほど当たる。

今回は違って欲しいと願いながらふたりでそばのカフェに入る。そして彼女が暗い面持ちで口火を切った。

「処分を覚悟でお見せします。この写真はある事件の犯行現場、そこの防犯カメラが捉えたこの男はトクシツが追う被疑者です」

白黒のプリントがテーブル越しに差し出される。

卓上の写真を見た途端、恐怖に似た感情に全身が包まれていった。

彼女が提示した写真、そこに写る人物は私の父だ。

「被疑者……」

弱々しい声とは裏腹に、私の鼓動は狂ったように煩い。

本当に父なの？　よく似た別人じゃないの？

微かな希望に縋るも無駄だった。

写真に写る人物はふたりいて、ひとりは体格からして女性だろう。俯きがちで顔は見えない。

私が注目したのはもうひとりの男性だ。こちらは鮮明に顔が分かる。

人相は二日前に会った父にそっくり。それとは別に父である証拠があった。

右手のミミズ腫れ、幼い私を守って生まれた傷痕が父だと明示している。

最低な人だと思った。でもまさか犯罪者だなんて……。

心の声に頭が真っ白になる。ガタガタと身体はひっきりなしに震え始めた。

動揺する私を気遣ったのか、彼女は店員にブレンドをふたつ注文する。それはすぐに運ばれてきた。

店員が離れるのを待って宮内さんが静かに言う。

「この被疑者……いえ、この方は沢木さんのご家族でしょうか？」

「はい。間違いありません」

「ご関係を教えていただけますか？」

「私の父です」

ぽつぽつと語ると憐みの声を投げられる。

「写真の女は、過去にトクシツが検挙した犯罪組織の一員だと判明したため、所轄と我々県警の合同捜査が始まるところです。彼は捜査線上に浮かんだ矢先で、身元を調査中です。先日お会いした沢木さんのご家族に似ていると思い、まずは事実確認をと考えました。正式な捜査に入ってからでは遅いので」

彼女の言葉に違和感を覚える。

「正式な捜査の前に、私と会って大丈夫ですか？」

正式な捜査はまだらしい。その前に被疑者の関係者に会うのは問題な気がする。

私の言葉を受けて宮内さんは薄く笑った。

「大丈夫とは言えません。私の上司が知ったら怒り心頭でしょうね」

「それならどうして……」

「自分の過ちに気づいたからです。私の上司は出世にしか興味がない。千家警視正を目の敵にして、どうにか蹴落としたい狙いがある。身勝手な私情で捜査方針まで捻じ曲げて、それで有馬警部は……いえ、とにかくこのままではいけないと感じました」

先日、彼女は有馬さんと口論をしていた。

だから彼女は湊士さんの味方じゃない。そう思ったのは間違いだ。

たったいま彼女の印象ががらりと変わる。

その彼女が押し黙り、今度は私から話を振った。

「宮内さん、この間はすみませんでした」

「何のことでしょう？」

「有馬さんとの会話をうっかり聞いてしまったので……」

今更でも詫びを伝えたら彼女が笑う。

「『上司のスパイ』と有馬警部に罵られた時のことですね」

「あれは有馬さんも言いすぎだと思います」

「気にしていません。実際、私は有馬警部が嫌う上司の言いなりでした。『千家と有馬が妙な動きをしている。探れ』と言われ、迷った末に駒になった。それは間違いでした。腐敗や嫉妬にまみれた組織を正せるのは千家警視正しかいない。組織の頂点に立つべきお方です」

彼女は明瞭に語り、その瞳には微塵の陰りもない。

湊士さん、沢山の人に慕われてるんだ。

目下の状況は最悪なのに彼への愛しさが溢れる。

目頭が熱くなった矢先、宮内さんが遠慮がちに口を開いた。

「あの、千家警視正と結婚されるそうですね」

「どうしてそれを……？」

「有馬警部が言いふらしていますよ。『ふたりの邪魔をしたら、末代まで呪ってやる』と脅されました。だから有馬警部が嫌いなんです」

彼女の真意はきっと違う。

口調は優しげだし、有馬さんに疎ましい感情はないと思えた。

「有馬警部は『歴代最高の警視総監になる男だ』と、千家警視正を心から尊敬しています。私も同じ考えです」

彼女が口を噤み、この場に重々しい沈黙が流れる。

それは束の間で意を決した眼差しが私に注がれる。

「沢木さん、あなたの父親が犯罪者なら千家警視正のキャリアは終わりです」

「はい……」

祖父は元警察官だ。だから警察の事情は熟知していた。

『私が間違いを起こせば迷惑をかけてしまう』

昔からそう肝に銘じて生きてきた。

目尻を垂れ下げた皺くちゃな祖父の笑顔が脳裏に蘇る。それは儚く消え、代わりに下衆な微笑に苦しめられた。

『春菜、また来るよ』

耳の深部で声音が響いて悪寒に似た震えと出会う。

私と結婚したら湊士さんに未来はない。

警察を辞めるまでにはならないだろう。

でも前途あるキャリアは絶たれ、閑職に追いやられる可能性は排除できない。

私の存在が……湊士さんを苦しめる。

彼の未来を思うだけで目頭が熱い。切なさに襲われ、やりきれなくなった。

それは顔を歪めた彼女も同じ。きっと散々悩んで私に会いに来た。

『処分を覚悟でお見せします』

先程の言葉は本心だ。

私はただの一般人。その私に……被疑者の身内に捜査情報を漏らした。

重い処分に相当するだろうし、それを彼女も承知の上だ。

それでも忠告にきた。湊士さんのキャリアと警察の明るい未来を守るために……。
彼女の覚悟にどう応えるべきだろう。
逡巡の末にひとつの答えに辿り着いた。
湊士さんには敵がいる。それ以上に味方もいる。
有馬さん、宮内さん、彼が立ち上げたトクシツの捜査官。そして私の祖父も警察の
未来を彼に託して旅立った。
やっぱりすごいな。湊士さんは……。
これほど立派な人に愛されて心から幸せだ。
必死に涙を堪えて瞼が重い。だから潰れるくらいに強く目を閉じた。
すると、湊士さんと過ごした日々が走馬灯のように蘇る。
図書館で会った。告白は誘導尋問みたいだった。
初めて朝を共に迎えて言い知れない至福に包まれた。
一緒に暮らして一生分の幸せをもらった。
抗えない運命に呑まれながらも彼の幸せを願う。
この時にはもう覚悟を決めていた。望まない別れをするしかないと――。

5

あれから三年の月日が流れた。

季節は春に移ろい、私は職場に向けて車を走らせている。

仕事があるとはいえ楽な生活ぶりじゃない。

新車は手が出ないから、あえて中古車を選んで購入した。

決め手は値段一択。

運転席のサイドミラーには擦り傷があり、それが理由で値引きになった。目を凝らして分かる程度の傷だし、安く買えて万々歳だ。

実家で暮らしていた頃は車の運転をあまりしなかった。

職場へは自転車で通っていたし、車に乗るのは大きな荷物を買う時だけ。

生活が一変したいまは違う。幼い子供を連れ歩くのに車は必需品だ。

車の運転にもすっかり慣れた。

緩やかに減速して角を曲がる。桜で色づく公園と出会ったら車内に愛らしい声が響いた。

「わあ」

フロントガラス越しに背後の様子を窺う。

颯士《はやと》は二歳の男の子。感動した時には口の形が満月みたいになる。

ふふ、また真ん丸だ。

助手席の窓から忍び込んだのか、紅葉《もみじ》みたいな掌には桜色の花びらがあった。

颯士はまだまだ甘えん坊。

今朝は保育園に行くのをぐずり、それで家を出るのが少し遅れた。

先の信号が赤になり、ミラー越しに背後の様子を覗き見る。

颯士は春風からの贈り物にご満悦だ。その隣には菜々美《ななみ》がいる。

菜々美は女の子。おさげにした髪を指でいじり、ちらっと目線を隣に動かす。じっと物欲しげな眼差しを颯士に注ぎ、そこからは普段と違う流れになった。

「ほちー」

「やっ」

颯士がぷいっと顔を逸らし、菜々美は実に不満そう。

うんうん！　颯士、それでいいの。

颯士が強い意思を示し、私はフロントガラス越しで褒め称えた。

ふたりは同じ日に生まれた双子だ。

先に取り上げられた颯士が兄、菜々美が妹だった。

双子でも一卵性双生児じゃないし、性格もまるで違う。

颯士は大人しめで、菜々美はお転婆さん。

人見知りが激しい颯士に対して、菜々美は人懐っこい性格だ。

ふたりが通園する保育園は私の職場だから『菜々美ちゃんの挨拶が一番元気だね』と職員達にもよく褒められていた。

性格が真逆だからか喧嘩も多い。でも決まって最後には颯士が白旗を上げていた。

まだ二歳なのに颯士は聞き分けが良すぎるものね。

母親の贔屓目なしでも颯士は優しい子供だ。

それが嬉しい反面、我慢ばかりをさせたくない。贅沢な生活は無理でも、少しくらいの我儘なら許せるのにと思っていた。

それにしても珍しい。いつもなら菜々美に『どうじょ』ってあげちゃうのに。

颯士なりの自己主張だろう。

譲らない姿に感動すら覚えるが、口論の結末は残念なものになる。

「……もー、後でね」

あーあ、やっぱりそうなっちゃうのね。

私の口癖を真似た颯士に運転席で苦笑する。

前方の信号が青になり、私は履き慣れたスニーカーでアクセルを踏み込んだ。

東京を離れてから三年、いまは認可外保育園で働いている。

シングルマザーで双子の育児は想像以上に過酷だ。

帝王切開での出産は身体への負担が大きかった。ふたりを産んだ後はしばらく入院し、それが終わると四苦八苦だ。

保育士という仕事柄、子供の世話には慣れている。

男女の双子を身籠もったと知った時は『私なら大丈夫』と慢心があった。それがいざ生まれたら、あまりの大変さに目が回るほど。

生後すぐの赤ちゃんは胃腸が弱い。頻繁なオムツ替えだって必要だし、授乳だって待ってはくれない。

ふたりはずっと狭いお腹の中にいた。

いざ解放されても温もりを求めて私から離れない。

最も辛かったのが睡眠不足だ。

好きな時に休めないのがあれほど苦しいとは思わなかった。

連日の育児にくたくたで食事もゆっくり取れない。それでも可能な限り栄養の偏りには気をつけた。

ふたりが同時に寝た時はチャンス到来。

洗濯機を回す間にご飯を作る。凝った料理は時間的に無理だから、焼きおにぎりや茹でたほうれん草を切り分けて冷凍保存。大量に作ったそれを育児の合間につまみ、どうにか健康を維持した。

顧みると赤ちゃんの頃はまだよかったと思う。

よちよち歩きが始まったらもう大変。

行動範囲が広がって嬉しいのだろう。少し目を離したらふたりはどこへでも行ってしまう。何をするかも予想がつかなかった。

菜々美のオムツ替えの間に、颯士がこてんと尻餅をつく。

ギャン泣きする颯士を宥めたら、その傍らで菜々美が洗濯物を散らかして『キャッキャッ』と遊ぶ始末。

ふたりが生まれて二年と数ヵ月、悪い意味で体型はスリムになった。

知人のいない土地をあえて選んだから疲労困憊でも頼れる人はいない。『疲れた』と心で弱音を吐いたのは数えきれないだろう。

それでもふたりを産む選択に後悔はなかった。

子供達は私の宝物。無垢に甘えられて嬉しいし『まま』と、初めて呼ばれた時は喜びに胸が打たれた。

ふたりに出会うがために私の人生はある。

そう断言できるほど、かけがえのない存在になった。

ふたりの父親は湊士さんだ。彼はその事実を知らない。東京を離れた後で妊娠が発覚したからだった。

私の父は犯罪者だ。

三年前、私は善意の忠告を受けた。

『沢木さん、あなたの父親が犯罪者なら千家警視正のキャリアは終わりです』

当時、私と湊士さんは婚約関係にあった。

宮内さんは事件の詳細までは明かさなかったが、父はトクシツが追う事件に関わっていた。

重大事件の被疑者、その娘と彼は婚約関係だ。

『正式な捜査が始まり次第、千家警視正は監察対象になるでしょう』

宮内さんはそこまで語り、湊士さんの未来を案じていた……。

湊士さんとは別れるしかない。
時間に猶予がないのに、悲しい決断はすぐには下せなかった。
『父が犯罪者だなんて、何かの間違いでありますように』
毎夜、寝る前に祈っては絶望の朝を迎えた。
そうして心が折れかけた時、父がまた金の無心に来た。
その日の父は切羽詰まって見え、それで思わず聞いてしまった。
『犯罪に関わっているの？』
否定するかもと藁にも縋る気持ちだった。
でも『クソッ』と口汚く吐き捨てられ、それが湊士さんと別れる決定打だ。
思えば、この時の私は精神状態が危うかった。
犯行現場の写真に父はいた。
それほど明瞭な証拠があるのに、当事者に聞くなんて馬鹿だ。
私の話を受けて追われる身だと知ったのか、父は一目散に逃げた。
やはり父は犯罪者だ。
愕然となりながらも県警のトクシツに電話を入れ、宮内さんに事情を伝えた。
それからすぐに東京を離れたのだった……。

直前まですごく悩んだ。寝る間も惜しまずに考えた。

けれど湊士さんとの明るい未来が描けない。

ふたりで幸せになる方法が見つからない。どうしたって無理だった。

彼は警察に必要な人材だ。私の身勝手でその未来を潰せない。

別れたくない。けれど幸せを望むには犠牲が大きすぎた。

どんな運命なのか、父を追う捜査チームはトクシツだ。

湊士さんが熱願して立ち上げ、幾多の犯罪者を検挙してきた。

その晴れ晴れしい快挙も私と関わったら台無しになる。だから、彼と歩む未来は諦めた。

それでも時々夢に見た。

湊士さんとふたりで朝を迎える。何年か経ったら可愛い我が子を間に挟んで……。

湊士さんは心根が強くて優しい。

こんな形での終わりを望まないはず。

たとえ閑職に追われても私のそばから離れない。窮地を知ったらより深愛を捧げてくれる気がした。

私達は長い付き合いだ。

彼には及ばなくても、その心は手に取るように分かる。

だから彼には相談なしに決めた。酷い行いだと承知で別れの文句を送り付けた。

『ごめんなさい。湊士さんとは結婚できません』

他に好きな人がいると嘘を並べようとも考えた。

でも悩んだ末に偽りの言葉を消去した。適当な言い訳をしても彼は偽りと見抜く。

話し合いもせずに姿を消すのは酷い裏切りだ。

せめて最後くらい正直でありたい。それが私にできる唯一の誠意だと思った。

彼にメールを送り、私はスマートフォンを解約した。

それからの数ヵ月はあまり記憶がない。

何を食べても美味しくないし、どこへ行っても楽しくない。

ただ息を吸って吐くだけ。無意味とも思える日々に光が差したのは妊娠が発覚してからだった……。

満開の桜が目につくと、どうしたって彼を想う。

父のことがなければ湊士さんと、そのご家族と花見ができたはずだったから。

湊士さん、元気でいるかな。

彼はいま日本にいない。

私と別れた後、彼は外務省に出向した。海外の日本大使館に勤務中のはず。前途有望な警察官の出向は珍しくない。

警察庁について調べたらそれが判明した。

別れたとはいえ、一時期は犯罪者の身内と婚約関係だった。それがキャリアの汚点にならないか不安だったから、彼の出向を知って心から安堵した。

そういえば最近、警察庁のサイトを見てなかったな。

警察の辞令は公だから助かる。

日本と海外、どれだけ距離があっても彼の動向を追うのが可能だ。

これじゃあストーカーだよね。でも湊士さんなら『春菜限定で大歓迎だ』とか言ってくれそう。

勝手な妄想をして目頭が熱くなる。

深呼吸には癒しの効果がある。窓からの新鮮な空気を吸い、無理にでも気持ちを持ち上げた。

ハンドルを強く握り、颯爽と道路を駆け抜けていく。

春菜、泣いたら駄目よ。

気弱な心に言い聞かせる。私は母親だ。涙を零したら颯士と菜々美が不安がる。

普段はこれほど涙もろくない。

でも、この季節だけは駄目。暖かな春風が胸を切なく締め付ける。

湊士さんと一緒に……春を迎えたかったな。

過去を捨てても心は変えられない。

いまでも時々思い出す。永遠の別れになった、最後の朝を――。

『春菜、行ってくるよ』

二度と会えないなんて思わなかっただろう。

あの日、湊士さんは普段通りに家を出た。そして職場で一方的な別れの文句を受信したはず。

湊士さん、本当にごめんなさい。

私の父は犯罪者だ。でも法律の縛りがないだけで私も罪深いと思う。

湊士さんは我が子の存在すら知らない。

ふたりの成長は喜ばしく、手をかけた以上の幸せを私にもたらした。

本来なら湊士さんとこの幸せを分かち合えた。きっと私と同じくらい、ふたりを愛してくれたはずだから。

そして、彼とは別の意味で父も気がかりだった。

あれから三年、父が逮捕に至ったかは分からない。

捜査の経過が気になったが、妊娠初期のつわりが私を苦しめた。出産後にネットや新聞で探ったものの、父の名前は見つからなかった。

警察が扱う事件は多く、すべてが記事になるわけじゃない。

でも万が一、逃げ回っていたら最悪だ。

捜査状況が気になり、一度だけトクシツに電話を入れたら宮内さんは異動していた。他の捜査官に事情は明かせず、私は慌てて電話を切ったのだった……。

ああ、駄目駄目。元気を出さないと！

もうすぐ職場に到着するし、泣き出しそうな心に活を入れる。

私の勤め先『みねもとスマイル園』は認可外保育園だ。

ひとり親を支援する目的でＮＰＯ法人が十年前に創立し、行政で賄えない部分は寄付とボランティアに支えられている。

ここの存在を知ったのは一年前のこと。

その頃、私は新しい住まいを探していた。物価の上昇で家賃まで上がる話が出たからだ。

それで不動産会社のドアを潜り、峰本《みねもと》さんと出会った。

白髪で少し腰が曲がった彼は今年で七十歳。祖父が生きていたら同年代だろう。

シングルマザーで身寄りがない。

彼は私の内情を知るなり『ひとりで双子ちゃんを育てるのは大変でしょう』と自分が所有するアパートに誘ってくれた。しかも驚くほどの格安家賃で……。

彼のお陰で生活が少しは楽になった。

贅沢はしなくても家族三人での暮らしはお金がかかる。

ひとり親だと行政の支援があるが、私の給料だけでは不安が尽きない。

恩人とも呼べる彼は資産家だ。

会社をいくつか経営しており、NPO法人の出資者でもある。私の勤め先『みねもとスマイル園』は彼が創立した場所だった。

峰本さんはあり余る資産を社会のために使うと決めている。その志はどことなく湊士さんを連想させた。

最愛の彼も立派な人だ。

峰本さんの理念に共感して、私は職場を移した。

そして彼への恩返しとは別に、この転職は都合がよかった。

ここを頼る保護者と職員はワケありが多い。

私みたいに身内に犯罪者がいる人は稀だろう。

それでも夫の暴力から逃げた人、頼れる身内がいない人と事情は様々で個人情報の管理は徹底されている。

万が一、湊士さんが私の行方を捜しても容易には見つからないはずだから。

彼はきっと私を捜した。

あれから三年経ったし、さすがに諦めただろうけれど……。

峰本さん、入院したんだよね。大丈夫かな。

彼は普段から杖が手放せない。

腰が悪いのは元々だが、病が発覚したらしい。それで手術を控えていると、勤め先の園長が沈みがちに語っていた。

仕事が終わったらお見舞いに行ってみようかな。

彼は子供好きだ。

颯士と菜々美の顔を見たらきっと喜んでくれる。不安なのは子供達が大人しくできるかどうかだった。

『お口は閉じようね』って言い聞かせようか。……うん、きっと大丈夫。

少しずつだが、ふたりは絶対に駄目なことは分かってきている。まだ幼い子供でも真摯に訴えたら、気持ちだって届くもの。

よし、入院先を園長に聞こう。

決めた頃合いで保育園に到着した。

職員用の駐車場には真っ赤なオープンカーが停車中だ。その前を減速して過ぎたら、颯士が惚れ惚れした声を上げる。

「わあ、ぶーぶー」

興奮気味の颯士に対して、菜々美はそれほど関心がない。

やっぱり男女で違うんだなあ。

この年代でもふたりの趣向はまるで違う。

颯士は車や飛行機といったおもちゃが大好き。菜々美は人形やぬいぐるみに目がない。

ご機嫌な颯士をよそに、私は運転席でため息をついた。

ああ、今日はちゃんと来たのね。

オープンカーの持ち主は峰本さんだ。

とはいえ恩人の彼じゃない。彼の孫にあたる駿介《しゅんすけ》さんだった。

彼はここの事務職員のひとり。

先月から働き始め、勤務態度は褒められたものじゃない。

やたらと遅刻が多く、仕事中もスマートフォンとにらめっこ。

出資者の峰本さんの身内だから解雇にはならないだろう。

それを盾に自由気まま。ただでさえ仕事への意欲には疑問符がつくのに、詮索好きな性格も私は苦手だった。

ここの保育園に子供を預ける保護者、働く職員も事情持ちばかり。

だから本名を使わず、各自であだ名を決めて呼んでもらう。

それが暗黙のルールなのに駿介さんは従わなかった。

『ねえねえ、本名を教えてよ。誰にも言わないからさあ』

軽い調子で言われて誰が教えるだろう。

他の職員同様、彼は私にも言ってきた。

あまりにもしつこいから『どうして知りたいんですか？』と聞いたら『秘密を共有したら仲良くなれるでしょ』と彼はしれっと答えた。

その考えは一理あっても彼とはどうも馬が合わない。

颯士と菜々美への付きまとい行為も迷惑だった。

『俺のこと、パパって呼んでみて』とか『シングルマザーって大変だよねえ。俺が手伝ってあげる』だとかと、彼は執拗に私達親子を追い回す。

だから近頃、同僚の保育士達が妙に優しい。

『厄介な人に好かれて可哀そうに』

同情めいた眼差しを注がれるほど、彼のせいでくたくただった……。

いつかは父親のことを話さないとね。

運転席でシートベルトを外しつつ、新たなため息が零れる。

ふたりの父親は湊士さんだけ。

この先誰と出会おうとも彼の代わりにはなれない。もしこの先、子供達に『パパが欲しい』とねだられても、その願いだけは叶えられないと思う。

ごめんね、こんなママで……。

颯士は大人の男性が苦手だ。

それもあり駿介さんには懐かない。問題は菜々美の方。

菜々美は物怖じしない性格だ。駿介さんはそれを承知で『親子ごっこしよう』と菜々美を手懐け始めている。

パパになる予定もないのに、あんな遊びをするなんて……。

彼にはきつく注意したものの、私の目が届かない時は分からない。
「このままじゃあ、まずいよね」
つい愚痴が零れたら颯士がその声を拾った。
「まま、モグモグ？」
「いいなあ」
私が何か食べると思ってる？
可愛い勘違いにクスッと笑い「ないないだよ」と口を開いた。
それから車を降りる前に右手に指輪を嵌める。
ネットショップで適当に選んだこれは駿介さんへの当てつけだ。
事務室の前を通る時、彼は必ず声をかけてくる。
その時に『彼氏ができた』と宣言する計画があった。嘘は嫌いでもやむなしだろう。
指輪は仕事中には邪魔だから、彼に見せつけてから外せばいい。
あーあ、サイズがぶかぶかだ。
当てつけとはいえ吟味すればよかった。
好みのデザインじゃないし、この先の出番はなさそう。
悔恨しながら後部座席のドアを開けると菜々美が愛らしく笑った。

「わあ、ぴかぴか！」

さすがは女の子。綺麗な物には目がない。

「菜々美は大人になったらね」

物欲しそうな視線をもらって、ふふっと笑いながら釘をさす。

ぷうっと膨らんだ菜々美のほっぺは大福のよう。

真っ白な頬をちょんっと人差し指で突き、ふたりを車から降ろしたのだった。

6《湊士SIDE》

梅雨入り前の六月、俺を乗せた機体は日本に向かっていた。

ようやく帰れるな。

春菜が姿を消した数ヵ月後、俺は外務省へ出向した。

ふたつの国を渡り歩き、そのどちらも時間にはルーズだ。

交通機関の遅れは日常的で、郷に入っては郷に従えの言葉に倣った。

日本は規律の正しさで世界一を狙える。海外で生活してそれが身に染みて分かった。

飛行機は定刻通りに到着するだろう。

母国の文化に感謝しながら春菜を想った。


忘れもしないあの日、愛しい彼女は忽然と姿を消した。一方的な別れの文句を送り付けてだ。

『ごめんなさい。湊士さんとは結婚できません』

人生であれほどの喪失感に苛まれた経験はない。

だが、当時の状況を思えば彼女の選択は理解できた。

身内に犯罪者がいたら警察官は出世できない。

俺の未来を守るため、春菜は望まない別れを選んだ。

その心は痛いほど分かったが、時すでに遅し。一方的な連絡を受信した時にはもう、春菜は電話を解約していた。

行方をくらます直前、彼女は明るかった。

料理を作りながら歌を口ずさみ、暇さえあれば俺を外に連れ出す。

楽しい思い出を残したい。

切ない思いを胸に秘め、気丈に振る舞っていた気がする。

そうして連絡手段が絶たれ、俺は春菜を捜した。

捜索の手始めは彼女の行動分析だ。

ふたりで暮らしたマンションを背に、まずは彼女の心痛を想像する。冬枯れの街路樹のそばで佇み、俺は両目を伏せた。

当時、彼女は絶望していただろう。

悲しみに浸る余地はない。いち早く遠くに行きたい。

しかし決意とは裏腹に身体は動かなかった。

顔は涙で濡れ、とてもじゃないが歩けない。仕方なしに大通りでタクシーを捕まえた……。

春菜、君を苦しめてすまない……。

その日から時間を作っては界隈のカフェに赴いた。

窓辺のカウンター席で通りを行き交うタクシーをひたすら眺める。

それで付近を流れるタクシー会社がある程度絞れた。狙いをつけたタクシーを拾い、運転手に世間話を振り続けた。

『この季節だと酔っ払いが厄介ですよね』

まずは彼等の仕事を労い、相手が心を許したら本題だ。地道な捜査は二ヵ月後に芽が出た。

『女性に泣かれても困るでしょう。最近もいませんでしたか？』

『いたよお。お兄さんが乗ってきた辺りだったねえ』

運転手は春菜が乗り降りした場所を覚えていた。

降りた先は静岡《しずおか》だ。宿泊したホテルまで判明したが、その先の消息を掴むのは困難を要した。

春菜は未成年じゃない。

成人の行方不明者は家出扱いのため、警察の手は借りられない。

父親に嫌疑はかかったが、彼女自身は捜査の対象外だ。

事件性もないため、捜し出すのは自力しか方法がなかった。

警察官といえども令状なしでは無力だ。

ドラマの世界のように『捜査のために監視カメラを見せろ』とか『捜査官を貸してくれ』だとかと好き勝手は許されない。

『湊士さん、手段を選んでいる場合じゃないだろう？』

尊には叱責を受けたが、正当な手段で彼女を見つけたかった。

確かに、捜査と偽れば捜索は容易に進むだろう。

だが、俺の未来を優先して春菜は姿を消した。

規律を破る行為はいずれ綻びが出る。己の正義もあるが、彼女は唯一無二の存在だ。

一度手を染めたら歯止めが利かない予感があった。

俺が闇に落ちたら春菜がより苦しむ。それが制御不能寸前の心にブレーキをかけた。

再会した時には胸を張れる男でいたい。そして改めて想いを伝えるつもりだ。

春を待ち焦がれる間に、俺は彼女を失った。

休暇の度に帰国し、彼女を捜し求めた。そのすべては徒労に終わったが諦めない。

春菜、必ず君を見つける。

シートに身を預け、俺は決意を胸に宿した。


海外にいたとはいえ、日本には時々戻った。

だから荷物は多くない。俺はボストンバッグを片手に到着ロビーを歩く。

すると思わぬ出迎えがあった。目が合うなり、尊が僅かに口角を上げる。

「有馬警視、わざわざ出迎えとはありがたい」

この三年で尊は警部から警視に昇進した。

顔を合わせるのは半年ぶりだ。冗談めかすと可愛げなく一笑される。

「いち早く媚を売りにきただけだ。警視庁捜査二課長は花形ポストのひとつだからな」

「まだその席には就かない。しばらく休暇をもらう予定だ」

出向先では仕事に明け暮れた。誰にも文句は言わせないつもりだ。

「見つかるといいな」

「必ず見つける。国内にいるのは分かっているしな」

名前は出さずとも俺の目的は理解しているようだ。

俺の話を受けて「車で送る」と尊は僅かに声を弾ませる。

ボストンバッグを横から攫われ、再会を喜び合う人の群れから足を遠ざけた。

尊の車は空港と直結する駐車場にあった。

最上級の国産車には傷が見当たらない。

真新しい車は買い替えたばかりだろう。キーロックの解除音が響き、俺は助手席に乗り込み、途端に苦笑してしまう。

「ここに座るのは俺が最初か」

「よく分かったな」

「レザーシートには皺ひとつない。シートの位置も購入時と変えてないな。せっかくの高級車なんだし、女性でも誘ったらどうだ」

シートを後方にずらしつつ言うと、尊がふんっと鼻を鳴らす。

愛想は悪いが顔はいい。密かに憧れる女性も少なくないだろう。

「お前なら言い寄る女性は沢山いるだろう？」

「女を抱く暇があるなら――」

淡々と声を連ねた唇は横一文字になる。

春菜が消えて心を沈めたのは俺だけじゃない。たったいま運転席でアクセルを踏み込んだ尊も同じだ。

やはり車を買ったのは春菜を捜すためか。

尊は常々『給料の使い道がない』とぼやいていた。

休日は寝るか、昇進の勉学に時間を使うのみ。しかし春菜が消えた途端、新車を買って遠出をし始めた。

『沢木春菜が消えた一因は自分にある』

俺には胸のうちを隠すが、その悔恨が尊にはあるのだろう。

尊は可愛い奴だ。頑なな心の壁を砕いたら忠実で、春菜には胃袋を掴まれた。

『ひょっとして彼女が好きなのか？』

一時期は疑念があり尊には牽制したことがある。

『春菜さんと結婚するつもりだ』

まだ交際前だが、彼女の気持ちは勘づいていた。

軽い付き合いでは終わらせない。

それほど本気だと匂わせたら、ほうっと感嘆の声をもらった。

『湊士さんを骨抜きにするとは。沢木春菜、興味深い女だ』

俺と尊は似たところがある。

傍から見たら水と油でも恋愛観が同じだ。女性に多大な幻想を抱かず、どこか恋愛に冷めていた。

そんな俺が生涯愛せる女性を見つけた。

尊は心境の変化が意外だったのだろう。

父のパーティーでは、春菜を妙な態度で当惑させていた。

『なかなか気が利くな。良妻賢母になるべく早速子作りに励め』

『こ、子作……』

『ところで体力には自信があるのか？　湊士さんはタフな男だぞ』

あれは尊なりの祝福のつもりだ。

沢木家が空き巣被害に遭ったのはその夜だ。彼女と現場に向かうと、管轄内の警察官に指示を仰がれた。

『せ、千家警視正！　是非、この事件の見立てをお聞かせください!!』

敬意を含む物言いはありがたいが、警察社会には縄張り争いがある。

それは犬や猫という動物よりも強固だ。

『それは君達にお任せするよ。まあ、でも……』

普段なら余計な口は挟まないが、現場の状況がそれを許さない。

行きずりの犯行とは断言できず、俺は怨恨の可能性も疑った。

犯行の手口は玄関のピッキングだ。

特殊な工具を用いて鍵を破る手口だが、犯人は逃走の際にドアを開け放った。それがどうも引っかかる。

心情的には犯行の発覚は隠したいはず。なるたけ遠くに逃走するためだ。

それなのになぜ『この家は空き巣被害に遭った』とばかりにドアを開けたのか。

慌てていたにしても腑に落ちない。

俺はひとつの答えを弾き出し、佐々木巡査に耳打ちをした。

『野次馬に紛れて犯人がいるかもしれない』

怨恨の線なら派手な犯行も理解できた。野次馬に紛れ、傷心した被害者を嘲笑う目的だ。

俺から話を聞き、佐々木巡査は野次馬の写真を撮ってくれた。

春菜さんの保護が必要だな。

金銭目的ならこれ以上の被害は出ないだろう。

しかし怨恨での犯行なら話は変わる。

被害に遭った彼女を自宅に誘い、家を空ける時は尊の力を借りた。

『俺が東京を離れる間、春菜の様子を見に行ってくれないか』

一時期、俺は仕事で東京を離れた。

沢木家の空き巣事件は未解決のままだ。俺が不在の間、春菜の身の安全は尊に託した。

尊は俺の指示通りに、忠実すぎるほどに動いた。

『湊士さん、俺の上司を僻地《へきち》へ飛ばしてくれ。火星でも構わん』

『できるわけがないだろう』

『それなら俺が火星に行く。あんな無能の下にいるくらいなら、火星人の下僕の方がマシだからな』

当時、尊は苛立っていた。

普段なら好物の塩大福で機嫌を取れるが、この頃は何をしても駄目だった。

沢木家の空き巣事件、それには怨恨の線がある。

俺の見立てが正しいなら辰樹さんへの恨みも考えられた。

彼は県警の元刑事だ。その仕事柄、恨みを買いやすい。

死に際の彼は家を売り払った。ひとり残される孫、春菜を案じてのことだ。

ただの杞憂ならいいが、元刑事への恨みによる犯行なら警察が動くべきだ。

尊は県警と所轄の合同捜査を求めたが、上司は耳を貸さなかった。

『有馬の裏には千家がいる。好き勝手にさせるか』

尊の上司、鈴木《すずき》警視はそんな浅い考えがあったのだろう。


警察組織にもくだらない派閥闘争がある。

俺には組織改革の野望があって敵を作らない方向性を取った。

最短で昇り詰めるためだがゼロにはできない。

俺と鈴木警視はキャリア組の同期だ。

研修時代から目の敵にされ、俺が立ち上げたトクシツを彼は引き継いだ。

ただでさえ屈辱だろうに、俺の方が先に警視正に昇進した。それでより憮然とした態度を顕著にされた。

『ゴマすりが上手いな』

顔を合わせる度に嫌味をもらい、いっそう言動には気をつけたつもりだ。

しかし回りくどい俺とは違い、尊は真っ向勝負に出た。

尊は冷淡に見えて熱い。若さもあるのだろう。休暇を取っては所轄に足を運び、空き巣事件の捜査資料を読み漁る。

『やりすぎるな』と俺が止めても無駄だ。とうとう鈴木警視の怒りを買い、宮内捜査官が尊の監視についた。

『有馬警部、これ以上は看過できません』

『随分な物言いだが、いつから俺より階級が上になった？　ああ、課長のスパイに成り下がったか。それなら偉ぶる態度も分からなくはない』

『私は上の方針に従うだけです。あの事件は口出ししないと結論が出たじゃないですか？　勝手に動くのは千家警視正の指示ですか？』

後で尊から報告を受けたが、ふたりの口論を春菜も目撃したらしい。

それから時は流れ、宮内捜査官は予想外の行動に出た。

『処分を覚悟でお見せします』

彼女は鈴木警視側と思われたが違った。

彼は俺への嫉妬心から捜査方針を捻じ曲げた。捜査に私情を挟むのは言語道断だ。

尊の行き過ぎた行為は問題だが、元刑事の家が空き巣犯に狙われたのだ。

尊以外の捜査官も『辰樹さんへの怨恨の線を排除するべきじゃない』と苛立ちを感じていた。

しかし鈴木警視は部下達の訴えに耳を貸さず、最も反抗的だった尊に謹慎を命じた。

そして、宮内捜査官は彼に愛想を尽かした。春菜への忠告は俺を案じた善意だ。

彼女は左遷され、いまは地方の所轄にいる。異動の前には『大変ご迷惑をおかけしました』と丁重な謝罪を受けた。

どんな事情でも捜査情報の漏洩は許されない。

彼女に下された処分は妥当だ。しかし、あの事件で人生が変わった者が多すぎた。

尊は運転の筋がいい。カーナビの予定時刻よりも早く到着しそうだ。

車が首都高に入り、その頃合いで尊が尋ねた。

「国内にいると話していたが、それは確かなのか？」

「ああ。間違いない」

外務省への出向も無駄ではなかった。

俺は邦人の渡航記録を確認できる立場で、そのお陰で思わぬ宝物を得た。

明瞭に断言したら尊も安心したらしい。

ハンドルを握りながら唇の端を僅かに上げ、次いで声音に重みを加えた。

「そういえば奴は模範囚らしいぞ」

「ああ」

話題に出た人物は俺と春菜を引き裂いた元凶だ。

尊はいま地方の県警本部に籍があるが、俺の味方は他にもいる。

「やはり耳に入っていたか。刑期はまだあるが、出所後の再犯はどう考える?」

「ゼロであって欲しいね」

「またやらかしたら、今度は湊士さんがお縄をかけたらいい」

尊は憮然と言い放ち、アクセルを一段踏み込む。

その傍らで俺は車窓へと視線を流した。群青色に染まる空はあの頃と変わらない。

遠い過去へと自然と心が向かった。


二十歳の夏、驚愕のニュースが俺の耳に飛び込んだ。

政治家の汚職は珍しくない。

『またか』と聞き流す程度に国内の政治は腐敗まみれだ。

渦中の政治家は父が盟友と信じた男で、速報よりも先に兄からの電話で知った。

兄は俺より八つ年上だ。

父の私設秘書になって二回目の夏を迎えた。

父が所属する党の代表が汚職をした。その余波は党内に多大な影響を及ぼすだろう。

そんな話を兄は手短に伝えてきた。
『湊士、そういうわけでお盆の別荘行きはなしだ。しばらくマスコミ対策で父さんも
俺も身動きが取れそうにないから』
『分かった。兄さんも大変だな』
『お前も官僚になったら俺の苦労が分かるよ』
兄は軽口に本音を滲ませて俺との電話を終わらせる。
それからテレビをつけると、ワイドショーが嬉々として速報を流していた。
あの人が汚職とは分からないものだな。
彼は父の初当選に尽力した人物だ。
子供はいないが夫人がいて、俺が小学生の頃は誕生日に図鑑をくれた。
『湊士君、いつか官僚になって俺を支えてくれよ』
そう快活に肩を叩かれた記憶がありありと蘇る。
あれは悪事に加担しろってことだったか。
深読みしすぎだろうが、それほど彼の不祥事には失望した。
浅い付き合いの俺がこれなら、父と兄の失望は計り知れないと思う。
母さんも落ち込んでいるだろうな。

今年の盆は家族と過ごす予定だった。

都会の喧騒から離れ、蓼科《たてしな》の自然に癒されるのもいい。

その予定が狂って残念だ。計画の立案者、母の落胆はどれだけだろう。

たまには愚痴を聞いてやるか。

母の顔が脳裏を過ぎ、俺は実家に電話をかけた。

すると案の定、母は意気消沈していた。

夫の盟友だった彼の転落も胸にきたらしい。ただでさえ話好きなのに、ダムが決壊したように悲しみを吐き出される。

結局、二時間近くも母の愚痴に付き合った。

それから行きつけの定食屋で昼飯を取り、街をぶらついたのがまずかった。

ああ、ついてないな。

突然の豪雨に襲われ、目についた図書館で雨宿りとなった。

つい面倒で傘を持たずに家を出たのが失敗だったな……。

思わぬ足止めを食らい、書庫の間を当て所なく歩くことにする。

官僚か、やはり財務省だろうな。

日本最高峰の大学に入学しても競争は続く。

卒業後の進路は重要だ。中央省庁でも財務省はとりわけ人気が高い。
当然、俺も狙っているし『自分こそは』と大学の友人も野心を燃やしていた。
しかし最近は疑念もあった。
『他に歩むべき道があるんじゃないか』
ふと模索する自分がいた。そんな道があるかも分からないのに……。
いまがまさに、人生の岐路ってやつなのかもな。
冗談交じりに思ったその時、勢いづいた何かが背中にぶつかる。
「す、すみません」
振り返った先には気恥ずかしげな顔の少女がいた。
『バタフライエフェクト』
何気なしの言葉がきっかけだ。
興味ありげな彼女を誘い、俺は場所を変えて持論を展開した。
「あくまで可能性の話だよ。それでも、たったいま俺を動かしたのは君だ」
我ながら青臭いと思うが、彼女の心には響いたようだ。
実は、少し前から彼女の存在が目についた。
虚ろな瞳でふらふらしていたが、気安く声はかけられない。

俺達は年の差がある。話すきっかけを探っていたら彼女からぶつかってきた。よかった。少しは元気が出たみたいだな。

その日以来、俺は時々図書館に足を運んだ。彼女の様子が気がかりだったからだ。

約束をしたわけじゃないし会えない時もある。

それでも顔を合わせた時は「ためになる話をもっと教えてください」とせがまれた。

ああ、もう大丈夫そうだな。

セミの鳴き声は遠のき、ひと夏が終わりを迎える。

その頃にはもう彼女の瞳に陰りはなかった。そして事件は起きた……。

ある日、図書館で騒ぎがあった。

出入り口付近の防犯機器が俺に反応したのだ。

「貸出処理をしないで持ち帰っては駄目だよ。本屋でもお金を払わないのか？」

警備員に嫌味をもらうが、本を借りた覚えはない。だが、手提げバッグを覗いたら文庫本があった。

なるほど、これは多分……。

即座に仮説を立てるが、それを口にする前に声が飛ぶ。あの少女だ。

「ちちちっ、違います！」

俺を庇いたいのだろう。周囲の注目を浴びて彼女の声は震えていた。

まるで壊れかけのおもちゃだ。手足をギクシャクさせてこちらに近寄り、警備員を睨みつける。

「ど、泥棒扱いは失礼です！」

「悪いのは彼だろう？」

「彼がバッグに本を入れるのを見たんですか⁉」

ああ、それはいい視点だ。

この図書館には認知症の老女が徘徊しに来る。

先日、彼女が俺のバッグに本を忍ばせた。その時は目前でやられて抜き取った。今日もそんなところだろう。彼女の悪意なき仕業に違いない。

トイレに行った時だろうな。テーブルにバッグを置いていたから……。

状況を整理する間もふたりの口論は続いた。今度は警備員が応酬だ。

「見ちゃいないよ。でもねえ、バッグにあったのは事実だろ」

「それって状況証拠ですよね！」

「なっ……」

まったく怯まない彼女に警備員は絶句する。そこへ屈強そうな男が現れた。

「確かになあ、それじゃあ弱い」

「おじいちゃん！」

白髪交じりの彼は少女の祖父らしい。上背はないが鋭い目つきに警備員は気圧される。

彼は警察官だと名乗って、防犯カメラの確認を提案してきた。

それで俺への疑惑は晴れた。やはり認知症の老女の仕業だった。

「庇ってくれてありがとう」

警備員からは謝罪を受けたが、あの瞬間俺は針の筵《むしろ》だった。

蔑む視線が注がれる中、彼女だけが味方でいてくれた。

純粋に嬉しかったし、その心を伝えたら彼女が照れ臭そうに笑う。

「一緒に……頑張りたくて。だから……」

彼女はぽつぽつと声を連ねて、俺と会う前の出来事を話した。

あの日、俺の言葉に救われた。だから今日は『自分が』と思ったらしい。

瞬間、心の暗雲が消えていくのを覚えた。ふたりで笑い合った情景が俺の脳裏で鮮明に蘇る。

『善意の連鎖、いい言葉ですね。そうやって世の中がよくなるといいです』
『そうだね、微力でも一緒に頑張ろう』
ただの理想論だ。それでも子供の頃は純粋に信じていた。
正義を振りかざすヒーローが勝者になる。
正しく生きれば報われる。
それが現実を知る度に打ちのめされ、いつしか希望すら抱かなくなった。
何年経っても善人は弱い立場だ。
人を騙す犯罪はなくならないし、政治家は汚職に手を染める。
『俺を支えてくれよ』
渦中の政治家の声が脳裏を過ぎ、冗談じゃないと心で嘲笑う。
もし俺に力が備わっても、あなたは助けない。
正義を貫いても報われない人がいる。
それでも必死に声を上げ続ける、彼女のような人の味方でいたい。
この瞬間、俺の未来は開いた。
それから時は流れ、俺は警察官になった。

キャリア組といえども三十万もの警察官のひとりだ。

拳銃の扱いを含めた研修を受け、警察庁と警視庁を行き来する年月を過ごした。

やがて警視に昇進し、俺は県警の二課を任される。

そこは、かつて辰樹さんが籍を置いた場所だ。彼は定年で二課を離れていたが、俺の異動を心から喜んでくれた。

その頃から俺の足は沢木家から遠ざかる。

仕事の多忙はもちろんだが、彼女への想いを自覚してのことだ。

俺達は七つも年が違う。

だから出会った当初は妹同然だった。それがいつしか慕わしい存在になっていた。

最初に意識したのは風鈴が涼やかな晩夏、俺は久々に沢木家を訪ねた。

ぶらりと立ち寄ったから辰樹さんは留守だ。その彼を待ちわびるうちに、俺は深い眠りについたのだった。

それは人生初の経験だ。

辰樹さんには度々『人たらしめ』とからかわれるが、あくまで表の顔だった。

俺は社交的な方だが容易に心を許さない。

俺の父は政治家だ。

間違いを犯したら父の政治家生命に関わる。

そんな危機感が自然と備わり、付き合う人物は厳選してきた。

たとえ心を許しても隙は見せない。よその家で熟睡なんてあり得ないことだ。

一体、どうしたっていうんだ……。

目覚めるなり混乱に陥る。すると、そばにいた彼女が笑いかけてきた。

「千家さん、少しは休めましたか?」

「ああ、そうだね……」

「よかった」

彼女は保育士だ。

俺が寝る前、彼女は職場に飾る折り紙を作っていた。

完成したそれは特徴的だ。幸せを運ぶ『七福神の折り紙』。彼女は神々が乗る船まで作り上げた。

「この折り紙は父のオリジナルなんです。ただひとつの思い出です」

彼女は父親から折り紙をもらった。それから時を経て、小学生になった頃に折り紙を解体して作り方を覚えたそうだ。

沈みゆく陽光を背に浴びながら彼女が切なげに笑う。

その笑顔は花が散るかのごとく儚く、抱き締めたい衝動に駆られた。

鼓動が否応なしに高鳴る。喉が無性に渇くと、抜群のタイミングで冷茶が出てきた。

「どうぞ」

喉を潤す前に謝辞を伝えると笑みをもらえた。

「ありがとう」

彼女は照れると顔が僅かに右に傾く。少し前に知った、そんな癖さえ愛おしい。

彼女は自己評価が低い。

凛とした内面は昔からだが、可憐で美しい容姿まで備えた。

それでも控えめな性格だからだろう。自分の魅力にさっぱり気づかない。

彼女の虜は俺だけじゃなく、沢木家を訪ねる若い刑事達も同じだ。だから辰樹さんにはよく釘を刺された。

『お前達、俺を慕ったふりして春菜が目当てだな？』

『おじいちゃん、冗談でも失礼よ！』

図星を突かれた俺達が押し黙っても、彼女は迷わず言い返す。

春菜さん、本当に鈍いんだな……。

鈍感なところも可愛くて堪らない。目に入れても痛くないとは、まさにこれだ。

まるで思春期に戻ったように、彼女に会うだけで心が癒された。

だが、恋に溺れてばかりはいられない。

警察官として一人前になるまで想いは伝えない。

心に誓いを立て、俺は仕事に没頭した。


そんなある日、辰樹さんに呼び出された。忘れもしない台風一過の翌日だ。

『湊士、飯でも行こうや』

彼から電話をもらい、俺は指定された居酒屋へ向かう。

ところが昔ながらの暖簾を潜るも辰樹さんはいない。すっかり暇をもてあまし、メニューを開いたところで彼が来た。

「湊士、悪い。野暮用で遅れちまった」

「今夜も補導のお手伝いですか？」

「ああ。ふらふらしてやがるからな」

辰樹さんは定年後も警察に残った。

嘱託職員として若い捜査官の育成を担い、市民パトロールにまで意欲的だ。「ご立派です」と労ったらガハハッと豪快に笑われた。

「そんな立派なもんじゃねえよ。先に逝っちまったばあさんによく言われただけだ。『筋が通ったところが素敵だよ』ってさ。不純な動機だろ？」

注文したビールが届き、辰樹さんのためにグラスに注ぐ。

それをちびちびと味わう彼は妻を想っていることだろう。

正しく生きていても悪意は知らずと忍び寄る。道を誤らないために支えは必要だ。亡き妻はいまも尚、彼を正しく導いている。

いつか俺も……春菜さんとそんな関係になれるだろうか。

「素敵な動機ですね」

素直な胸中を発露すると辰樹さんに顔を覗かれる。

「ところで、あれはどうなった？」

「どの事件ですか？」

「事件じゃねえ、春菜だよ！　いつになったら嫁にもらうつもりだ？」

予想外の言葉を飛ばされ、喉元をすぎたビールが逆流しかけた。

「ははっ、鳩が豆鉄砲を食ったような顔だな。俺が気づいてねえと思ったか？」

「いえ、辰樹さんは当然ご存じだろうと」

「だよなあ、知らねえのは春菜だけだ。何年も片想いだと勘違いして可哀そうに」

「申し訳ございません」

一言では足りない。この場で平身低頭したい気分だ。

「どうせ『一人前の警察官になるまでは』とか思ってんだろう？」

これは返す言葉がないな……。

彼女の気持ちは分かっていた。警察官という職業柄、心は読みやすい。

当然、辰樹さんにも見透かされていた。

そこで彼の視線は俺から離れる。眼差しは店の奥、三人の家族連れに注がれていた。

母親らしき女性の腕には赤子がいる。まだ言葉も知らないだろう。その子の頭を愛おしげに撫でていた。

「なあ、湊士。春菜との子供が生まれたら、あんな風に頭を撫でてやれ。沢山愛してやれ、それだけでいい」

彼女とは交際だけでは終わらせない。その先の未来も当然見据えている。

辰樹さんが感傷に浸るのは珍しいな。それだけ俺がもどかしいのか。

唐突な呼び出しは発破をかける目的だったのだろう。

心に奮起を促し「はい」と俺は明瞭に答えた……。

辰樹さんと酒を酌み交わしたのはこれが最後だ。

闘病の末に彼は天に召され、彼女は家族をまた失った。

それから紆余曲折があったが、想いを告げた時は感無量としか言えない。

「君が好きな男は俺だろう？」

誘導尋問で本音を引き出すなんて悪手だが、尊への嫉妬から我を失う。

「今夜は君が飽きるまで言わせてくれ」

唇を啄みながら余すところなく味わう。

息継ぎの度に見つめ合うと、驚愕に打たれた彼女の心にも届いたようだ。

口蓋を犯したキスを一旦やめ、濡れそぼった唇をそっと離した。

今夜はここまでで我慢だ……。

胸中に呟きを落とすが、本音は違う。

だが、彼女の前では品行方正な男でありたい。

理性を総動員させたら彼女がしがみついてきた。

「平気です」

焦がれた表情で乞われたら抗えない。シーツを乱したベッドではキスの雨を降らせた。

溢れるほどに内壁を濡らし、身体の深部まで蕩けさせる。

柔らかな頂きは彼女の弱点だ。

飴を溶かすように舌で転がすと、彼女が弓なりに身体を反らした。

「あっ……んっ──」

悩ましい声が彼女の羞恥を誘う。

必死に恥じらうのは逆効果だ。

両手で顔を隠そうとする仕草が堪らない。不埒な指先と舌技でより快楽を引き出した。

これじゃあ、すべてを暴く前に俺が溺れそうだ。

まだ浅く交わっただけだ。それでも感動に似た震えに襲われる。

それは彼女も同じらしい。

行きつ戻りつと滴る坑道を進み、次第に余裕が削がれていった。

「あ、……私、また……」

「大丈夫、すごく綺麗だ」

愉楽に瞳を濡らす彼女に優しく口づけたら、それだけで至福に心が満たされる。華奢な片足を軽々と担ぎ、愛の結晶を最奥まで放った。

彼女と生涯を添い遂げたい。

その想いは時の流れと共に顕著に強まった。

春菜は身内を亡くしたばかりだ。

結婚式は時間を置くとしても、一日でも早く独占したい。

年甲斐なく自制が利かずにプロポーズをした。

俺は周りが思うほど清廉潔白でもない。

だが、道は踏み外さずに生きてきた。

人並程度の信仰心だが、彼女との出会いはきっと神が授けた褒美だ。

そう思えるほど彼女を愛した。

春菜のためならどんな犠牲も厭わない。この先の人生で何が起ころうとも、すべてを投げ捨てたって守り抜く。

生涯愛せるのは春菜だけだ。そして彼女もまた深愛を捧げてくれた。

思えば心の油断があったのだろう。

幸せの絶頂にいたはずが、奈落の底に落とされたのだから……。

尊の運転で東京の街をひた走り、東京タワーを横目に感慨に浸る。

まもなく自宅に到着する頃、胸の辺りが振動し始めた。

ジャケットの内側に手を忍ばせたら兄からの受信メールだ。
『桜井《さくらい》議員が父に賛同してくれた』か、これはいい知らせだな。
帰国の労いの他に兄から報告をもらう。名前が出た議員は父と同じ与党の所属だ。
最近、与党は新たな政策を打ち立てた。
彼は父とは違う派閥だが、自身のSNSで賛同したらしい。
政治の世界はよく分からないが、きっといい流れだろう。
政治家もSNSで表明する時代だな。
兄からのメールを受け、俺は桜井議員のSNSを検索してみる。
彼は秘書任せでなく自分で更新していた。
几帳面な性格らしい。日々の更新を怠らず画像も多い。
飼い犬と遊ぶ動画に目を細めた、その時――。
「これはっ……」
俺は銃で撃たれたかの衝撃に襲われる。目に留まった画像に声を失った。
なぜ、これを……桜井議員が持っているんだ？
桜井議員が上げた画像、撮影場所は彼の事務所だろう。
そこには特徴的な折り紙が写り込んでいる。

不意に、愛おしい声が耳の深部で響いた。

『この折り紙は父のオリジナルなんです。ただひとつの思い出です』

幸せをもたらす『七福神の折り紙』。

考案者は春菜の父だ。彼女は折り紙を解体して作り方を知った。

ひょっとして……、春菜が作ったのか？

心が酷く揺さぶられ、スマートフォンから目が離せない。

そのうちに車が路肩に停車し、俺の肩に重みがかかった。

「湊士さん、事件か？」

「吉報だ」

「被疑者が逮捕されたのか⁉」

警察官は何かにつけて事件に結び付ける。

尊も例外なくその悪癖があった。険しい顔が迫り、俺は柔和な笑みで応えた。

「春菜の手がかりだ」

そうであって欲しい……。

願いを込めて声にしたら尊まで言葉を失う。
この画像だけでは何も分からない。
ただ、桜井議員には折り紙について情報があるはず。
驚愕に包まれた尊をよそに、俺はスマートフォンを耳に当てた。

尊の出迎えをもらった翌日、兄を介して桜井議員とコンタクトを取った。
折り紙は認可外保育園でもらったらしい。
桜井議員との電話を終え、俺は心を浮き立たせる。
春菜は保育士だ。いまも仕事を続けているかは不明だが、折り紙は保育園にあった。
これは……、春菜が作った可能性が高いんじゃないか？
願うほどに判断を誤る可能性も否めない。
七福神の折り紙は沢木家で一度見ただけだ。
よく似た別物かもしれず、俺は木村さんを訪ねることにした。
彼女は辰樹さんと旧知の仲だ。
沢木家の事情にも熟知している。七福神の折り紙についても情報があるかもしれない。

すぐさま車を飛ばして木村家に向かう。

俺の推測は的中していた。そして幸運にも恵まれる。

「画像と同じ折り紙なら家にあるわよ」

「本当ですか⁉」

彼女は物持ちがいいようだ。

思い出の品を大事に保管し、そこに春菜の折り紙もあった。

「春菜ちゃんが小学生の頃に『福が来ますように』って作ってくれたのよ。確か……、私の誕生日だったわねえ。これが手がかりになるなら、是非持っていって」

「ありがとうございます」

彼女は春菜の消息に気を揉むひとりだ。

託された折り紙には経年劣化がある。姿形は画像と瓜二つだった。

ああ、やはり例の認可外保育園に春菜はいる。

状況証拠は揃った。

俺は木村家を後にして、車で高速を滑走した。

春菜、どうかそこにいてくれ。いまから君に会いに行く……。

すでに保育園を離れた可能性もあるが、それでも捜索は前進だ。

春菜は保育士だ。

仕事にやり甲斐を感じていたし、どこかで子供達に囲まれている。

俺はそう考え、静岡県内の保育園と託児所を調べ尽くした。彼女の行方は静岡で途切れていたからだ。

静岡を離れていたんだな。

推察はやや外れて春菜は滋賀《しが》県にいた。

桜井議員の情報によれば、その認可外保育園はNPO法人が設立したそうだ。

『みねもとスマイル園』

そこまで情報をもらえたが、ネット検索では見つからない。

ただ、そこを利用した保護者のブログがヒットした。

ブログの管理者はシングルマザーだった。

彼女のブログを読み進めて分かった。事情持ちの保護者や職員が身を隠すには最適な場所だと……。

東京を離れる際、春菜は俺と二度と会わない覚悟があったのだろう。

それならこの保育園は彼女にとって都合がいい。

おおよその住所は桜井議員から確認済みだ。

パトカーに追われない程度に車を飛ばし、俺は心を躍らせていった。

7

紫外線が夏の気配を匂わせる六月、受け持ちの教室に園長が現れた。

園長は峰本さんと親しい仲だ。初老の彼女が遠慮がちに言う。

「はるちゃん先生、少しいいかしら？」

昼寝の時間とはいえ保育時間内だ。持ち場を離れるわけにはいかない。

眠りにつく子供達に視線を注ぎ、園長には耳だけを貸した。

「ちょっと困ったことになったのよ」

「何かあったんですか？」

「はるちゃん先生が作った、七福神の折り紙があったじゃない？」

高級和紙で作った七福神の折り紙。

ここの玄関に飾ったら、いつの間にかなくなった。

「あれが見つかったんですか？」

「そう……なのよ」

歯切れが悪い物言いだ。私が首を傾げると園長が声音を沈める。

「駿介さんの仕業だったの。怪しいと思って問い詰めたら、とうとう白状したわ」

「そうでしたか」

彼が折り紙好きとは知らなかった。

依然として好意は抱けないが、丁寧に頼まれたら作ったのにと思う。

「ごめんなさいね」

「謝らないでください」

悪いのは彼だから園長の謝罪はいらない。

まったく、あの人は……。

園長の顔を立てるために笑ったが、内心は穏やかじゃなかった。

彼からのアプローチは継続中だ。

指輪まで購入して恋人の存在を偽っても駄目だった。

『へえ、彼氏はどこに住んでるの？』

訝しい眼差しをもらった時、湊士さんの姿が脳裏を掠めた。

それでつい『海外にいる』と答えたのが失敗だ。

付け入る隙があると思ったのか、それとも無駄にポジティブなのか。『菜々美、颯士。遊ぼうよ』と子供達にちょっかいを出し続けている。

折り紙は勝手に消えない。黙って持ち出すなら園児だろう。

決めつけはよくなかった。ここには子供同然の大人がいるのだから……。

呆れちゃうな。颯士と菜々美でも欲しがったら『いい？』って聞くのに。

ここ最近、彼の勤務態度は輪をかけて酷い。

事務仕事を放り出し、颯士と菜々美の教室を訪ねては担任を当惑させている。

園長が注意したって無駄。軽く受け流す始末だから。

峰本さんに相談しようと思っても、彼は入院中で手術を控えている。大事な時期に心の負担はかけられない。

迷惑だけど仕方ないか。のらりくらりとかわそう。

執拗に好意を向けられても、毅然とした態度でいればいい。

苛立ちは子供達にも伝わるし、私は脳に指令を下して口角を引き上げる。

そこで園長が思いがけない話を始めた。

「それでね、折り紙はここにあるみたいなの」

「えっ……」

駿介さんが持ってるんじゃないの？

彼の手元にあると思ったら違う。

園長がスマートフォンを見せてくれ、身体に衝撃が走った。

液晶画面に浮かび上がる折り紙の画像、それは書棚を配したオフィスにあった。

漆色のデスクはいかにも高級そう。七福神はその机上に鎮座し、傍らには政治家のネームプレートがあった。

桜井議員、彼はこの界隈を地盤に持つ政治家だ。

どうして、私の折り紙がここにあるの？

桜井議員は与党の所属。与党と聞いたら真っ先に千家誠一郎を連想する。

千家誠一郎は湊士さんの父親だ。彼はいま与党の代表だった。

湊士さんと交際する前、私は千家誠一郎主催のパーティーに出席した。

そこで彼の恋人役を演じ、大勢のゲストと顔合わせをした。その場に桜井議員はいたのだろうか……。

駄目だ、覚えてない。

湊士さんとは一生関わらない。その誓いを胸に刻んで東京を離れた。

だから知人のいない土地に移り住んだ。彼との繋がりを断ち切るために。

それがいま、思わぬ形で接点が生まれてしまった。瞬く間に不安が胸に広がり、小刻みに指が震え始める。

「私の折り紙をどうして……、桜井議員が持っているんですか？」

「はるちゃん先生、千家誠一郎をご存じ？」

彼は颯士と菜々美の祖父だ。父が犯罪者でなければ孫の顔を見せたかった。

とうとう千家誠一郎の名前が会話にまで出てきた。

不安を胸に宿して、力なく頷く。

「はい……」

「先月、はるちゃん先生が体調不良でお休みした時にね。桜井議員がいらしたのよ。与党は新たな子育て政策を立案中でしょう。ひとり親に手厚い保育園があると耳にして、視察の意味合いでね」

心が波立つ私をよそに園長の話は続く。

桜井議員が視察を終えた矢先、駿介さんが重役出勤をした。

園長はその場にいなかったが、ふたりは玄関で遭遇したらしい。

『これは素敵な折り紙ですね』

七福神の折り紙が目に留まり、桜井議員から感嘆の声が飛ぶ。それで『どうぞどうぞ』と駿介さんが渡したらしい。

手短な説明だけでも当時の様子は想像できた。

自分で作ったわけでもないのに、駿介さんはさぞ誇らしげだっただろう。

桜井議員が欲しがったわけじゃない。

でも心遣いから写真に撮ってSNSにアップした。それを園長が発見したわけだった。

ああ、なんてことなの……。

このSNSを湊士さんが見たら私の居場所は特定される。

可能性は僅かだ。彼は海外にいて桜井議員と親しいかも分からない。

それでも不安の根が身体を覆い、みるみるうちに蒼白していった。

「はるちゃん先生、顔色が悪いわ」

取り繕う笑みさえできない。それでも声を必死に振り絞る。

「平気です……」

「やっぱりまずいわよね、この折り紙はオリジナルだし」

私の心中を悟ったように園長は声音を沈めた。

この保育園には事情持ちが多い。だから彼女にはこちらの事情を伝えていた。

父親が犯罪者とまでは明かせず『昔の知人に居場所を知られたくない』とだけ。

七福神の折り紙はオリジナルだ。

見る人が見れば居所の特定に繋がるだろう。

園長もそれを危惧してか、同情的な眼差しを私に注いだ。

「駿介さんから話を聞いて、桜井議員の事務所に電話をしたのよ。それとなく折り紙にも触れたら、SNSに上げたと知ってね。まずは、はるちゃん先生に確認をしてから画像の削除をお願いしようと思ったの。ここの名前は出してないみたいだけど、やっぱり困るわよね」

話を受けて私は考えを巡らせる。その間も教室内の子供達から目を離さなかった。

「園長、少しだけ子供達を見てもらってもいいですか？　そのスマートフォンもお貸ししていただけたら」

「もちろんよ」

彼女は快く応じて、私にスマートフォンを預ける。その液晶画面を指でなぞり、桜井議員のSNSを探った。

更新はほぼ毎日、画像と動画も多いんだ。

肝心の画像は五日前のアップだった。これなら大丈夫そうだ。

木を隠すなら森の中っていうものね。

ひとまず胸を撫で下ろす。念のため、桜井議員と相互繋がりのユーザーも調べた。

そのほとんどが政治家だ。支持者と思しきユーザーに湊士さんの名前はない。

よかった、これなら問題ないか。

湊士さんが目にする機会は極めて低そうだ。

「園長、駿介さんは桜井議員に何か話しましたか？　例えば『折り紙を作ったのは、はるちゃん先生』だとか、私の名前を出したり……」

「それはないわ。きつく問い詰めたから嘘じゃないと思う」

「それなら画像の削除は必要ありません」

画像の削除は最善だ。けれど桜井議員に追及されたら困る。

私の答えが意外だったのか、園長が目を丸くした。

「無理しなくていいのよ？」

「本当に大丈夫です。これ、ありがとうございました」

思わぬ事態に驚いたが、大事にはならないだろう。

園長にスマートフォンを返して、今度は晴れた笑みを浮かべる。

湊士さんの恋人役を担った夜、桜井議員があの場にいたかは不明だ。もし言葉を交わしても挨拶程度なら、彼も覚えていないだろう。

ちょうど園児のひとりが寝返りを打つ。

掛け布団をはだけさせて大の字だ。

園長に目配せをして、自分の仕事に戻ったのだった。


その日の夕方、私は仕事を終えて駐車場を歩いていた。

明日は保育園の遠足がある。そのお知らせを片手に子供達はご機嫌だ。

「ままあ、熊しゃんは？」

菜々美は言語の発達が早い方。

すでに言葉を繋げた『二語文』での会話が可能だった。

遠足は保護者同伴で市内の動物園に行く。菜々美はそこで熊に会いたいのだろう。

西に傾いた日差しを受け、キラキラと目を輝かせていた。

動物園に行くのは久々だし、楽しみなんだなあ。

期待を込めた瞳を見据え、私は笑顔で答える。

「明日の動物園に熊さんはいるよ」

「ぞうしゃんは？」

今度は斜め右下から声が飛ぶ。颯士はぞうさんが大好きだ。

「ぞうしゃんにも会えるよ」

つい舌足らずな返事になった。

私はふたりの手本だ。子供達は母親である私を見て、その言葉を聞いて日々学ぶ。

だから言葉遣いには注意を払っていた。それでも時々、可愛い口調にはつられてしまう。

あーあ、またやっちゃった。

胸中で苦笑するも「やったあ」とふたりは大喜び。

私を間に挟みつつ、子ウサギのようにジャンプし始めた。

ふふ、可愛いなあ。

ふたりは動物好きだし、明日は存分に楽しむだろう。

ぴょこぴょこと飛び回る姿は微笑ましい。けれど駐車場だから手は離せない。

繋いだ指に力を込めた矢先、背中越しに声を拾った。

「はるちゃん先生、待ってよー」

振り返らずとも分かる、駿介さんだ。

頬の硬直を自覚したら視界の端に彼が紛れた。

本日の彼は濃紺のシャツに黒い革パンツという恰好。シャツは問題ないとして、パンツは服務規定に沿わないと思った。

『いざという時に動きやすく、清潔であれ』なのに、腿がピタピタで素早く動けるのか疑問だ。

あーあ、嫌だな。服装まで目くじらを立てちゃうなんて。

折り紙の件が発覚して彼の好感度はだだ下がり。

七福神が消えた時、皆で探したのに素知らぬふりをしてたんでしょう？ それってどうなの？

ただでさえ印象はよくないのに、いまや目に映るだけで心が萎える。

そんな私とは対照的に、彼は無駄に明るかった。

「ねえねえ。家族みたいにさあ、ファミレスでも行かない？」

正直なところ会話の成立すらさせたくない。

でも子供達の前で無視はよくない。視線を前方に向け、彼を視界から排除する。

「行きません」

冷ややかな声音が効いたのか、彼が心なしか狼狽えた。

「えー……。折り紙の件、まだ怒ってる？ 謝ったんだしさあ、水に流してよ」

先程、園長を交えて謝罪はもらった。『ごめん、ごめん』と、ものすごーく軽い調子でだ。

無理に決まってるでしょう。

園長に免じて心の声は留めておく。

駿介さんの軽はずみな行いで大事になりかけた。彼は私の事情は知らない。だから八つ当たりと思っても、顔を見たら苛立ちを抑えきれなかった。

はあ、なんだか疲れちゃった。

ただでさえ鬱憤が溜まった状態だ。

さすがに今日は相手にしたくないのに、彼はより神経を逆なでする。

「そうだ、これからじいさんを見舞いに行かない？」

どうして、そうなるの⁉

峰本さんを巻き込み、私の怒りを鎮めたいのだろう。

彼にはそんな浅い考えがある。

その心が透けたところで彼の手が肩に伸びてきた。

即座に避けたら左手が緩み、菜々美がタタッと駆け出してしまう。

「あー、待ってえ」

遠足のお知らせを風に飛ばし、菜々美は必死に追いかける。

いまは職員が帰る時間帯だ。誰かが車を発進させたらまずい。

「菜々美、駄目！」

私は声を張りながら颯士を胸に抱いた。

二歳の走力は馬鹿にできない。ひとり抱いた状態だから尚更だ。

焦りを募らせた私をよそに、菜々美は一目散に小走りした。

やがて風に乗ったお知らせは誰かの足に絡みつく。それからやや遅れて、勢いづいた菜々美がその足にぶつかった。

衝突したのは菜々美だ。それなのに相手は膝を折って目線まで合わせた。

「ごめんね、大丈夫かな？」

優しい声音が風に乗り、私の耳まで届いた。

瞬間、心臓が否応なしに脈打ち始める。かつて私も同じ言葉をもらった……。

書棚に囲まれた場所。

窓を打つ激しい雨音。

誰かが残したパンの袋。

彼は聡明で美しい。

『バタフライエフェクト』

些細な言動がひとつの連鎖に繋がる。可能性は無限だと知り『私なんて』と嘆き続けた心に光が差した。

懐かしい光景が瞬く間に私の脳裏を駆け巡る。

『たったいま俺を動かしたのは君だ』

ドクドクと鼓動が呼応して身体から力が削がれる。

いまにも膝が折れそう。このままだと抱いたままの颯士が危ない。薬指の指輪をいじくる我が子をそっと地面に下ろした。

彼はかけがえのない人。だから二度と会わない。

彼の子を身籠もって尚更、決意を強固にした。

彼の瞳には生涯映らないはずだった。それなのになぜ、私達は再び出会ってしまったの……。

「湊士……さん」

菜々美の手を引き、こちらに歩み寄る彼は夢現《ゆめうつつ》だ。

いまにも溢れそうな涙の泉で視界がぼやけ始める。

彼のためとはいえ、身勝手に行方をくらました。

かつて父が母に行った酷い裏切りだ。

それなのに湊士さんは優しい眼差しを注いでくれている。

時間にして僅か、私達は見つめ合う。そして最悪の形で沈黙が破られた。

「ぱぱー」

唐突に菜々美が甘えた声を出す。

子供達には父親の存在を伝えてない。湊士さんの顔だって知らないはず。

どうして……、なんで菜々美は分かるの？

驚愕に打ちのめされた刹那、菜々美は思わぬ行動に出た。

「ぱぱ、ぱぱ！」

「おう」

頬を弛緩させたのは湊士さんじゃない。菜々美に抱きつかれた駿介さんだ。

菜々美……何を言い出すの？

驚愕と困惑で感情がない交ぜになる。

私の思いに比例して湊士さんの瞳に影が宿った。

「久しぶり、春——」

彼は呼びかけるも躊躇い、口元を手で覆う。

この状況下なら彼が夫と誤解されてもおかしくない。

それも当然だ。菜々美は湊士さんの手を離れ、駿介さんに抱きついた。傍から見たら親子に思うだろう。

駿介さんは子供達と『親子ごっこ遊び』をしていた。

性質《たち》が悪いからやめさせたのに、私に隠れて続けていたのかもしれない。

違う……、違うの。このふたりは……。

胸を襲う痛みを堪えて湊士さんを見据える。

彼の胸中は分からない。怒りを湛えたようにも、悲しみに満ちたようにも見えた。

8 《湊士SIDE》

春菜と再会した夜、俺は宿泊先の浴室にいた。
適当なビジネスホテルを選んだため、生憎バスタブは狭い。
しかし文句はない。荒れ狂う心を癒せればよかった。
まさか春菜に子供がいるとはな。
彼女との再会は苦い形で終わった。
俺達は深く愛し合っていた。
複雑な事情で一旦離れたが、ふたりの想いは変わらない。
再会を果たせば元の関係に戻れる。それを願ったのは俺だけだった。
彼女は他の男に心を許し、子供にまで恵まれていた。
それを目の当たりにしても尚、現実逃避をする自分がいる。
「俺も諦めが悪いな」
広さ三畳程度の浴室で苦々しく笑う。
彼女の子供は双子だろう。色違いの服を着ていたし、背丈も同じだった。

『ぱぱー』

可愛い声が響いた瞬間、胸が跳ねた。見たところ子供達は一歳か二歳だ。

別れた時期を思えば俺が父親でもおかしくない。

だが、女の子はあの男に抱きついた。

それで淡い期待が藻屑のように消え失せたのだった。

双子の育児は大変なのか、春菜は少しだけ痩せて見えた。

しかし美貌は衰えない。おまけに気立てがよく料理上手でもある。誰が惹かれても

おかしくはなかった。

彼と春菜は結婚しているのか？

男の存在は俺を絶望の淵に追いやった。

女の子は彼を『パパ』と呼び、抱きついてもいた。

家族だと感じたが疑念もある。それは未練……いや、違和感のせいだ。

俺が知る限り、彼女は仕事先では指輪を嵌めない。

それが先程は指輪をしていた、右の薬指にだ。

結婚指輪なら左手の薬指にするだろう。サイズも合っていなかったと思う。

ひょっとして大事にされてないのか？

俺に心がなくても春菜が幸せならいい。もし違うなら同じ男として許せない。

子供がいても未婚のケースも考えられるか。

その疑念が過ると怒りの熱が込み上げる。立ち昇る湯気を目で追ったら弱々しい声が耳に響いた。

『ごめん……なさい』

あらゆる可能性を検討したが、春菜は逃げるように立ち去った。

彼女はあの男とは別々に帰った。

親しい仲でも喧嘩はするだろう。

だが、傍目にも相思相愛には思えない。それどころか彼を疎んでいる。

そんな風にも見えたが、身勝手な心の忖度かもしれなかった。

ごめんなさいか、あれはどういう意味だろうな。

蚊の鳴くような声で謝罪をもらった。

その際、彼女は苦しげだった。面持ちは深い闇に覆われ、俺の足をその場に留めた。

俺達は結婚の約束をした。

それを一方的に破棄しての謝罪なのか、それとも他意があるのか。

眉間に指を添えて思考を巡らせる。しかし答えは出なかった。

それも仕方ないだろう。俺達は離れすぎた。容易に心を見透かせるほど、いまの彼女を知らないのだから……。

「もう一度、会うしかないな」

女々しいことは承知で会いに行こう。

彼女が幸せだと分かったら身を引くしかない。

春菜、それまではどうか君を愛してもいいだろうか。

随分と長風呂になったが、気持ちの整理がついた。そこで、ふと尊の声が耳を過った。

『再犯はどう考える？』

俺達を引き裂いた事件、その全容を春菜は知る必要がある。

あの事件は解決済みだ。手狭いバスタブに寄りかかり、俺は当時を想起した。

三年前——。

春菜が消えた一週間後、俺は県警に足を運んだ。

俺を呼びつけたのは鈴木警視だ。

彼は出世欲の塊で、以前から俺に敵意の刃を向けている。

トクシツに顔を出したら苦虫を噛み潰したような彼が出迎えた。

「お前に手柄をやるのは癪だが、例の組織が秘密裏に活動している可能性がある」

会話に出た組織は、かつて俺が率いたトクシツが壊滅させた。

その残党がまた悪さを働いたらしい。

春菜の父親はその被疑者に浮上した。

犯行現場の防犯カメラが証拠だ。彼には詐欺と空き巣の容疑がかかった。

春菜と俺は婚約関係だった。

身内に犯罪者が出た場合、警察官は監察対象になる。

事件の規模からして今回の俺はなるべきだ。

しかし、その話は来なかった。鈴木警視が通常の手続きを脱線したからだ。

俺が被疑者を逃がすかもと彼は疑念を持ち、尊まで捜査から外した。

俺は警察官だ。どんな事情であれ犯罪者の味方にはならない。

彼が妙な疑いを持たなければ俺に監察の話は来たはずだ。そこで春菜を引き留められていただろう。

そう思うとドス黒い感情が芽生えたが、俺は呼びつけに応じた。

どうやら被疑者が口を割らないらしい。

立件可能な証拠があっても自白は欲しい。
飲まず食わずだから警察病院に搬送されても困る。
鈴木警視は渋々ながら俺に願い出たのだった……。
かつてトクシツが検挙した詐欺グループ、奴等の手口は巧妙だ。
被害者の大半は年配者だが、天涯孤独の人間も狙われた。
まずは空き巣かスリで金目の物と個人情報を盗む。
アルバムや日記を写真に残し、その情報を元にターゲットの大事な人に成りすました。
身分証の偽装はお手の物だ。
奴等は必要に応じて身体的特徴の偽装まで行った。
疑惑を持たれたら『あの頃は大変だったねえ』と思い出話を語ればいい。
当事者しか知り得ない情報を餌にターゲットを信じ込ませた。
奴等は罪もない一般人を散々苦しめた。
完全に芽は摘んだはずだが、水面下で活動中なら大事だ。
辰樹さんが長年追った組織でもあるし、活動の再開は断じて許せない。
俺は確たる思いで取調室に向かう。殺伐とした室内には女性がひとりいた。

『柳原絵美里《やなぎはらえみり》』。二十六歳。

かつて、彼女はトクシツが検挙した詐欺グループにいた。

成りすましの特殊メイクが担当だ。

彼女には情状酌量の余地があった。犯罪とは知らずに組織の末端になったからだ。

それで短い刑期になったが出所後に罪を犯した。

五件の空き巣と詐欺の容疑。

それが彼女の容疑だが共犯もいる。

彼女と共犯の男は沢木家にも押し入り、春菜に詐欺行為を働きかけた。


春菜が対面した男は父親じゃない。柳原の共犯だ。

〝彼女の父に成りすました赤の他人〟だった。


主犯の柳原は沢木家で遺品を漁った。

春菜の母は生前、日記を綴っていた。行方知らずの夫についてもだ。

犯人一味は形見の日記と家族写真から情報を得て、春菜の父親に成り代わった。春菜の父親には手に傷があった。それは柳原が共犯の男に特殊メイクを施して偽装したものだ。

奴等は沢木家の隣人、木村さんも騙した。

彼女は春菜の父親と親しい。だが、彼は長きに渡って行方知らずだ。

記憶が曖昧な木村さんに、共犯の男は昔話を語って信じ込ませたのだ。

その男は柳原とは違い、尊の取り調べに自供した。彼は木村さんとこんな会話を交わしたそうだ。

『木村さんは知っていますか？　春菜の二歳の誕生日のことですが』

『春菜ちゃんの二歳の誕生日？　……ああ、思い出したわ！　あの日は大変だったわねえ』

春菜は幼い頃に父親と別れたために木村さん共々騙された。

春菜の父親は国内にいない。

正式な捜査でそれが判明し、春菜への情報漏洩で宮内捜査官は左遷になった。

柳原は冷たいデスクに突っ伏している。

しかし俺が椅子を引いた途端、ゆるりと顔を上げてニヤッと笑った。

彼女にとっては耳にタコだろうな。

それでも手順に従って名前から始める。五件の犯行をすべて読み上げ、それから本題に入った。彼女は鈴木警視を介して、俺をここに呼びつけた。少しは話す気になったらいいが……。

「以前よりも痩せましたね」

「ふふ、少しは綺麗になったあ？」

俺達はある場所で居合わせた。

春菜と出席した父のパーティーだ。

柳原の姿はホテルの防犯カメラが捉えていた。撮影されたのは彼女だけじゃない。

憎悪の視線の先には春菜がいた。

「あなたは沢木春菜さんに恨みがありますね」

「どうかなあ。あなたの恋人、春菜ちゃんを連れて来たら教えてあげる」

連れて来い……だと？

柳原は身勝手な動機で春菜を狙った。当然、俺のことも調査済みだろう。

憤怒で身が焼かれそうだが、奥歯を噛み締めて感情を押し殺す。

かつて柳原は情状酌量になった。辰樹さんに付き添われ、彼女が自首をしたからだ。

今回、柳原は辰樹さんを狙った。歪んだ犯行動機だ。

ところが沢木家を調べるうちに彼の死去を知る。それで春菜に狙いを変更した。

この見立ては正しいはずだが、調書を取らねばならない。

挑発には乗らない。俺は毅然とした声を飛ばした。

「本当の狙いは沢木捜査官、沢木辰樹さんでしょうね」

「ねえ、あのジジイさ。なんでくたばったの？」

「知りたいですか？」

「まあね。聞かせてくれたらさあ、いくらでも話すよ。組織の活動状況を知りたいんでしょう？」

テーブルに身を乗り出して彼女は笑う。

口の端を歪めた下衆な笑みだ。湧き上がる感情は苛立ちよりも憂いが勝った。

ああ、これでは辰樹さんが報われない。

彼は彼女の更生を望んでいた。

もし存命ならいまの彼女を見て嘆き悲しむだろう。

「彼の最期を知りたいなら、これを読めば分かりますよ」

俺はテーブル越しに数枚のプリントを並べる。

それは辰樹さんの日記、そのコピーの一部だ。

彼の日記は遺品整理の際、春菜から預かっていた。

「何、これ？」

「沢木捜査官の日記ですよ。あなたは十代の頃に、彼に補導されましたね。その当時の心情が書き綴られています」

「どうせ、つまんない説教だろ」

ふんっと鼻で笑い、彼女はプリントを投げ飛ばした。

殺伐とした室内に辰樹さんの思いが散らばる。水を得た魚のように宙を泳ぎ、その一枚が俺の靴先を掠めた。瞬間、例えようのない激昂に駆られる。

「いいから読むんだ」

つい声音が殺気立つと彼女が初めて怯む。

手を出すと思われたのか、彼女はつむじの辺りを右手で隠した。

怯えきった姿を眼前にし、いつかの辰樹さんの言葉を想起した。

『なあ、湊士。春菜との子供が生まれたら、あんな風に頭を撫でてやれ。沢山愛してやれ、それだけでいい』

不幸な生い立ちは心を歪める。
柳原は十代の頃から悪い仲間とつるみ、補導は数えきれない。
ある時、辰樹さんは繁華街で柳原を補導した。
彼は当時の心境を日記に綴っていた。
彼女は十四歳だった。ところが何時間経っても親は来ない。
腹を空かせた彼女に彼は弁当の差し入れをした。
『お姉ちゃん、箸の使い方がなってねえよ』
『うるさい』
他愛もない話をするうちに、彼女の両親が『ネグレクト』と分かった。
ついに現れた父親は最低な男だ。
彼女を見るなり殴りかかろうとし、辰樹さんはそれを食い止めた。
『子供の頭は殴るもんじゃねえ、撫でてやるもんだ』
辰樹さんは『何か困ったら』と自宅の住所を彼女に渡した。
それから時を経て柳原は沢木家を訪ねる。
詐欺グループの末端になり、辰樹さんに自首をしたいと願い出た。
辰樹さんの思いは幾度も読み返した。一字一句と忘れない。俺の頭の中に大事に仕舞ってある。

柳原絵美里が自首しにきた。
昔の悪い仲間に騙されて組織の末端になったらしい。
この世界は悪い儲け話がごろごろある。
くそみたいな世界に反吐が出そうだ。
同情はできるが罪には問われるだろう。臭い飯を食う前に出前を取ってやった。
そしたら生意気な口をききやがる。
『くそジジイ、早く警察に連れてけよ』
箸の持ち方もへたくそなままだった。
『出所したら教えてやる』と偉ぶったら否定はしない。
きっと会いに来る。更生を心から願ったら教えてやろう。
上手くできたら頭を撫でてやる。
髪をぐしゃぐしゃにして褒めちぎる。
親がしないなら誰だっていい。こんなくそジジイでもいいじゃねえか。

床に散らばった紙を拾い、改めて柳原に手渡す。

「辰樹さんは病で認知症が進行していた。それは君にとっても不幸だった」

俺の言葉を受けて、ようやく柳原は辰樹さんの思いに目を走らせた。

出所後、彼女は辰樹さんに会いに向かった。

箸の持ち方を教わりに行ったのか、更生を願ったかは分からない。

何にせよ辰樹さんの反応に彼女は傷ついた。想像にすぎないが、こんな言葉をもらったのかもしれない。

『お姉ちゃん、誰だ?』

認知症が悪化しただけだが、柳原は裏切りと感じただろう。

悲しみは憎しみへと変貌し、時を経て沢木家に押し入った。

当初の狙いは辰樹さんだが、春菜にも並々ならぬ思いがあっただろう。

柳原と春菜、ふたりは年齢が同じだ。

立派な祖父がいる春菜、ネグレクトの親しかいない自分。

否応なしに理不尽を感じて憎しみの糧になった。それが柳原の犯行動機だ。

ここに来る前に捜査記録に目を通した。俺の読み通りだ。柳原は沢木家に押し入った後に犯行現場をうろついていた。

沢木家以外の四件は孤独な老人がターゲットだ。
怨恨ではなさそうだし、柳原が自棄になっての犯行だろう。
俺にできるのはここまでだな。
俺は静かに椅子を引いて退席する。
これ以上の取り調べをする気はない。手柄はトクシツの捜査官に委ねよう。
廊下に出た俺は窓へと視線を移した。
日差しはとうに傾き、雲の切れ間からは無数の光が降り注ぐ。
そこにいるだろう彼に報告をする。
辰樹さん、あなたの思いは届けました。
辰樹さんは病で脳をやられたが、時折平静を取り戻した。
日記の続きでそれが分かった。彼は柳原が会いに来た記憶が微かに残っていた。
『来てくれたのかもしれねえな。忘れちまって、ごめんな』
彼は達筆だ。しかし書き綴る字は歪み、病の深刻さを物語っていた。
柳原も渡したコピーを読めば、彼の思いが伝わるだろう。
彼女は出所後すぐに辰樹さんに会いに行った。更生の心はあるはずだ……。
それでも改心するかは分からない。

辰樹さんが存命なら可能性は高まっただろう。しかし彼はいない。
この先は彼女ひとりで道を進まなきゃならない。
春菜はいまも尚、父親が犯罪者だと誤解したままだ。
柳原はその発端を生み出した元凶だ。
辰樹さんが更生を願っていても心情的には許せなかった。
生い立ちは犯罪の言い訳にならない。不幸でも大半の者が正しい道を歩む。
正論を心で唱えたら群青に色づく空が儚げに見えた。
仮定を並べたところで過去は変わらないな……。
それでも考えずにはいられなかった。
柳原は身勝手な逆恨みを募らせ、沢木家に押し入った。
そこで辰樹さんの日記を目にしていたら、違う未来があったかもしれない。
今回の事件を総括するなら、人とのすれ違いが生み出した。
「善意の連鎖は必ずしもいい結果にはならないな」
時に砕けない悪意が紛れ、思いもよらない道を彷徨う。
それでも絶望する暇はない。たとえ暗雲が垂れ込めても抗うのみだ。

9

空が厚い雲に覆われた日、保育園の遠足があった。

湿度が高くてジメジメしてるなあ。暑さでぐったりするよりかはいいけど。

この時期でも紫外線は強い。初夏の陽気には大人でも体力が削がれるもの。子供は目線が低いため、アスファルトの照り返しを受けやすい。

今日は子供達が待ちわびた親子遠足だ。

とはいえ私は職員だから我が子とは別行動になる。受け持ちのクラスがあるため、自由時間しか家族でいられなかった。

それを知ってか、ふたりが私の両脇にしがみつく。

「まま、いっちょ」

「菜々美、ごめんね」

「ッ……ン」

ああ、颯士は泣いちゃいそう。

颯士の瞳はじわっと潤み始めた。ここで泣かれたら菜々美も引きずられる。

まもなく引率準備の時間だし、仕方なしに奥の手を出した。

「颯士。これ、だーれだ？」

私はその場にしゃがんで颯士と目線を合わせる。

そして自分の鼻を指でクイッと押し上げ、豚の顔真似をして見せた。

途端に、菜々美がキャハッと面白がる。

「まま、ぶちゃいくー」

「菜々美、それは言わないでえー」

どうやら菜々美の機嫌は取れた。けれど肝心の颯士には響かない。

困ったな、いつもはこれで笑ってくれるのに。

颯士は寂しがり屋な方だと思う。それでも変顔は普段なら効果覿面《てきめん》だ。

ところが今日は様子が違った。『離すものか』と殊更に抱きついてくる。

ひょっとして具合が悪いの？

颯士に限らないが、体調が優れないと子供は甘えたがるもの。

「ちょっと見せてね」

今朝、家を出る前に体温は計った。でも念のため、颯士の額に手を添える。

よかった、熱はないみたい。

手を触れた感じだと平熱だ。

普段通りの温もりに安堵した矢先、我が子に声がかかった。

「菜々美ちゃん、颯士くん。こっちだよ」

ふたりの担任は由美《ゆみ》先生、保育士歴は二年目だ。

菜々美と颯士は彼女が大好き。いち早く菜々美が「はあーい」とにっこり笑う。はつらつとした返事に「おお！」と感嘆の声が響くも由美先生じゃない。遠足の写真係を担う駿介さんだ。

「菜々美は元気いっぱいだなあ」

「菜々美、モリモリだもん」

得意そうな菜々美をよそに颯士はしょんぼり。けれど妹にギュッと手を繋がれ、ようやく私から離れていった。

菜々美ったら、すっかり懐いちゃったな。

菜々美は駿介さんに好意的だ。

私から見たら執拗なちょっかいでも構われて嬉しいのだろう。

菜々美は好奇心旺盛で人見知りをしない。

その長所が喜ばしい反面、胸中ではため息が零れた。

菜々美には悪いけど、駿介さんとは仲良くなれないな。

昨日、思いがけず湊士さんと再会した。

その状況下は最悪だ。成人した男女と子供がふたり。どこか沈んだ彼の瞳には親子関係に見えただろうと思う。

あの場ですぐに否定したかった、でも、どうしたって声にならない。

『それじゃあ誰の子だ？』

そう聞かれたら何も答えられない。だから真意を探られる前に逃げ去った。

湊士さんは私を引き留めなかった。

私の居場所は特定済みだ。昔と変わらない真摯な瞳からは『話ならいつでもできる』と余裕さえ窺えた。

今日が遠足でよかった……。

さすがに自宅は知られていないだろう。たった一日でも猶予ができた。

湊士さんは子供達の父親だ。その事実は何が何でも隠し通したい。

湊士さん、また会いに来るだろうな。

あれだけ酷い別れ方なら私だってそうする。

言いたいこと、聞きたいことも山積みだろう。

『なぜ、相談してくれなかった？』
『あの男とはどんな関係だ？』
『子供達の父親は誰なんだ？』
きっと矢継ぎ早に質問が飛び交う。それに嘘の答えが必要だった。
嫌だな、湊士さんを騙すなんて……。
東京を離れる時も別れの理由は書けなかった。
適当な理由を並べても彼には無駄だ。どうせ心は見抜かれる。
でも、子供達の存在を知られたいまは違う。
私の父は犯罪者だ。血の繋がりを思うと子供達にはいくら詫びても足りない。
せめて湊士さんだけは汚れないまま生きて欲しい。
身勝手な願いだろう。彼は望みもしないだろう。
こんな自分よがりな心を知ったら、温厚な彼でもさすがに怒ると思う。
違う、湊士さんならきっと……『辛い思いをさせたな』って抱き締めてくれる。
そんな彼だから愛した。だから心を鬼にして嘘をつく。
湊士さん、どうか……幸せになってください。
切ない思いを胸に秘め、私は顎を突き上げた。

どれだけ瞼の裏が熱くても涙は零さない。

泣いたりはしない。だって私は母親だもの。今日は可愛い我が子が楽しみにしていた遠足だ。沢山笑って抱き締めて、うーんと楽しむって決めたのだから……。

ふと見上げた空は墨汁を薄めたよう。

忍び寄る雨雲に怯えながら引率の準備に取り掛かった。


午後二時、親子遠足は滞りなく終わる。

タイムスケジュール通りに動けたし園児達も満足そう。

締めの挨拶は園長から出た、朗らかな声がこの辺りに轟く。

「皆さん、お疲れ様でした。気をつけてお帰りくださいね」

今日の遠足は任意参加だ。

行き帰りの交通手段、及びここからは各自の判断に委ねている。

帰るには早い時間帯とあって、大半の保護者が遊び足りない子供達にせがまれている。各々散らばる姿を尻目に私はひとつ息をついた。

さあ、めいっぱい遊んじゃおう！

我が子との遠足はここからが本番。

私はスニーカーのつま先を進めて子供達を引き取りに向かう。

あれ、ふたりはどこ？

どこを見渡してもふたりはいない。

園長の挨拶が始まった時には姿を見た。目視できないのは由美先生も同じで、うろうろと辺りを行き来した、その時――。

絶叫に近い声音が園長から上がった。

「はるちゃん先生、大変よ！ 颯士くんがいなくなったって!!」

「えっ……」

衝撃が胸を突いて二の句が継げない。

嘘……だって、少し前までそこにいたじゃない。

スッと血の気が引いていく。心の声とは裏腹に徐々に現実を受け入れた。

二歳児の足は馬鹿にならない。

だから僅かでも目を離したら駄目だ。興味本位でどこへだって行く。それとも不審者の仕業だろうか。

「颯士が……いない」

茫然自失に呟く私をよそに由美先生が早足で駆けつけた。顔を蒼白させた彼女は菜々美と手を繋いでいる。

「すみません！　菜々美ちゃんと颯士くんがトイレで、私は菜々美ちゃんを……。駿介さんは……」

嗚咽混じりに泣かれたが状況は把握した。

由美先生が菜々美を女子トイレに連れて行き、颯士は駿介さんといた。

彼は普段から気がそぞろだ。

きっとスマートフォンでもいじって、その合間に颯士が消えたのだろう。

落ち着いて、こんな時こそ冷静にならなきゃ。

激しい鼓動を言い宥めた矢先、事態の元凶が現れる。

「はるちゃん先生、ごめん。ちょっと目を離したら颯士がいなくなった」

いくら呑気でも一大事とは分かるらしい。駿介さんの顔には焦りが滲んでいた。

のんびりと謝罪をもらう暇はない。

由美先生の話だと颯士が姿を消して十分程度だ。早く見つける必要がある。

園児を狙う不審者の仕業なら、違うとしても二歳児がひとりでいたら、予想外の危険に遭遇する。

涙にくれる由美先生から菜々美を預かり、私は気丈に声を張った。

「颯士が戻るかもしれないので、由美先生はここにいてください。園長は迷子の届け出をお願いします」

ふたりが手短な指示に頷くのを見て、私は菜々美とこの場を離れた。

昼を過ぎた動物園内はいっそう混み合っている。

まもなく何かのイベントがあるらしい。そこへ向かう人の波に逆らい、私は菜々美と足を進めた。

大丈夫、すぐに見つかる。きっとまた誰かと間違えたんだ。

この動物園に来るのは三度目だ。前回赴いた時、颯士は赤の他人と私を間違えた。

その女性と私の服装が似ていたからだと思う。

そばに私がいるのにトコトコと彼女を追いかける。だから菜々美と一緒に笑いながら、チェック柄の背中をぎゅっと捕まえた。

『颯士、ママはここだよ』

私の声音に颯士はぽかんとし、次に可愛らしい笑みで私を呼んだ。

「まま」

颯士っ……。

背後からの幼い声に足が止まる。けれど颯士じゃない。似た年代の幼児が母親を呼んだだけ。

お願いだから冷静になってよ、全然違う子じゃない。

こんな時こそ平常心を保たないと駄目だ。

そうだ、あそこに行ってみよう。

颯士はぞうさんが大好き。姿を消したトイレの近くにはぞうの飼育場があった。

当て所なく捜しても見つからない。

即座に踵を返すと身体が斜めになる。手を繋いでいた菜々美が地面にぺたっとお尻をついたからだ。

「ままあ、ちゅかれたあ」

焦るあまりに早足だった。我が子は颯士だけじゃない。

「菜々美、ごめんね」

「だっこ」

「分かった」

この状況下で菜々美の要求は厳しい。

遠足の引率でへとへとだし颯士をいち早く見つけたかった。

それでも保護者は私だけだ。妊娠が発覚した時に覚悟を決めた。この先何があろうとふたりを守るって……。

菜々美はまだ二歳、いまの状況が分からない。

胸に飛び込む菜々美を私は抱き上げた。そこへ――。

「はるちゃん先生、菜々美は俺が見てようか？」

駿介さんが労うような声音で私の腕に触れてきた。

「平気です」

「でもさ、重いだろう？」

当然だ。ただでさえ疲労困憊なのに精神的にもきつい。

彼と話す暇はない。優しく対応する心の余裕もなかった。

どうして私達に構うの？

彼のせいで湊士さんと再会した。子供達の父親だって誤解もされた。颯士がいなくなったのは彼だけのせいじゃない。子供は少し目を離した隙にいなくなる。でも、普段の勤務態度の悪さから不満が渦巻いて仕方がなかった。

本気で父親になる気もないのに、親子ごっこ遊びを続けていた。

嘘をつくにしても駿介さんを父親とは言わない。それだけは絶対に……。

苛立ちは限界値をすでに振りきった。

彼を避けるように無言でずかずかと足を進める。それでも彼は追いかけてきた。

「俺、今度はちゃんと……」

「結構です！」

ぴしゃりと言い放つと、私の腕の中で菜々美が怯えた。

私はきっと鬼の形相だ。

じっと顔を窺う菜々美の髪にキスをする。それから冷淡な眼差しを彼に注いだ。

「私達親子には関わらないでください」

駿介さんは呆然と言葉を受け止めた。

その姿は水を浴びた捨て犬のよう。

情けなく顔を歪めた彼を視界から追い払い、私はその場を立ち去った。

淡い希望は打ち砕かれ、ぞうの飼育場に颯士はいなかった。

颯士、ここにいると思ったのに……。

ここは園内の人気スポットだ。

一段と混み合う飼育場を隈なく捜すも見つからない。

ここまで向かう最中、菜々美は寝てしまった。睡眠中の子供は無防備だから重い。暴れるよりはマシだけれど、よいしょっと声を上げて抱き直す。

颯士、どこに行っちゃったの？

重りをつけたように心は沈むばかり。

焦りを募らせて、あちこちを必死に捜し回った。

そこで迷子のアナウンスが耳につく。園長が届けを出したのだろう。

「沢木颯士くん、二歳が迷子になっています」

服装から見た目の特徴、散々悩んでつけた名前。

どこかにいるだろう颯士にも届くように、呼びかけは何度も轟いた。

迷子のアナウンスは珍しくない。けれど、これまではどこか他人事だった。

可哀そうにと思っても自分の身には起こらない。

そんな慢心がどこかにあった。だから神の罰が下ったのかもしれない。

「颯士、ごめんね。こんなことになるなら――」

もっと抱き締めてあげたらよかったね。

心に落ちた呟きに視界が涙で滲み始める。

泣いている場合じゃないのに感情の発露が抑えられない。

颯士はいま何をしているだろう。私とはぐれてどれだけ心細いだろう。

今朝、しがみつかれて困った。

仕事だから我慢してと頭の隅で思った。

それは私の事情だ。菜々美に手を引かれた時、颯士はすごく寂しかったはず。

ひょっとして……最後になると分かってた？　だから甘えてきたの？

颯士の泣き顔が脳裏を掠め、呼吸さえもままならない。

「颯士、どこにいるの？　ママは……どこに行ったらいい？」

菜々美は依然と寝たままだ。腕が痛いし足はいまにも折れそう。

時々喧嘩はするけれど、ふたりは仲良し。

颯士は優しいお兄ちゃん。菜々美は明るい妹。

最初に『まま』と呼んだのは颯士だ。

あの時は幸せに胸を打たれて声にならなかった。

だから一日遅れて『はあい』と答えたらもう一度、今度は私の胸に飛びつきながら言った。

『ままあ』

どうして、こんな時に思い出しちゃうの。

それはこの先、何千回も何万回も呼んで欲しいからだ。

涙腺は崩壊寸前だった。ついに右の頬に涙の筋が生まれる。違う、雨だった。

「なん……で……」

雨は二歳児には危険だ。もしひとりでいたら幼い身体では長い時間は持たない。

更なる絶望に襲われ、私はその場にへたり込んだ。

立ち止まる暇はないのにもう動けない。雨が僅かな気力さえ削いでいった。

颯士、会いたい……。会いたいよ。

「お願い、誰か……、助けて……」

切れ切れな声で訴えた、刹那――。


「春菜!」

限界だった。だから絶対に幻聴だ。

そんな思考とは裏腹に涙の膜はとうとう破れる。

こちらに駆けつけようとする姿に、みっともないほど涙がぽろぽろ零れた。

「湊士……さん」

ここにいるわけがない。私の声を拾うにも遠すぎる。

それでも遥か前方の彼が頷き『もう大丈夫』と眼差しが言外に訴えかけてきた。

彼は出会った当初からそう。私の心に寄り添って手を差し伸べた。

不意に、いつかの光景がビデオ映像のように鮮明に蘇る。


『何も心配しなくていい。いつも言ってるだろう？　春菜さんは俺が守るって』


実家に空き巣が押し入った夜、初めて彼の温もりに触れた。

あの瞬間、嬉しさが込み上げて同時に思った。

優しさに甘えるだけじゃなく、彼を守れる強さが欲しいと……。

彼が息を荒らげるのを初めて見た。それだけ全力で駆けつけたのだろう。

足を崩して横座りでいたら湊士さんまでしゃがみ込む。私の正面で跪き、呼吸を乱しながら問う。

「迷子のアナウンスを聞いた。沢木颯士くんは君の子なんだな」

この状況で嘘はつけない。

コクッと頷いたタイミングで菜々美が目覚めた。まだ眠そうに目元を擦り、菜々美は湊士さんをじっと見つめる。

「だあれ？」

「千家湊士です」

「ままのお、お友達い？」

「大好きなんだ」

彼の答えにドキッと胸が跳ねる。優しげな眼差しまで注がれて目の置き場がない。

「ままもお？」

「えっと……」

もちろん大好きだ。でも素直に言えるわけがない。

なんて答えようと迷ったら湊士さんが救いの手を出してくれる。

「お名前、教えてくれる？」

「菜々美！」

「菜々美ちゃんか、いい名前だね」

湊士さんは柔和に微笑む。それからワンタッチの傘を開いて私に差し出した。

「これ、使って」

「でもそれじゃあ、湊士さんが濡れちゃいます」

「鍛えているし大丈夫だ」

私の心配をよそに、なぜか湊士さんは上着のジャケットまで脱ぐ。

それから菜々美と目線を合わせようと、いっそう背中を丸めた。

「菜々美ちゃん、高いところは好きかな？」

「うん！」

「それじゃあ湊士くんのお胸においで。ママよりずーっと高いよ」

いまの私は傍目にもボロボロだし、疲労困憊な様子に配慮してくれた。

菜々美は人見知りをしない。とはいえ一瞬で打ち解けた記憶はない。

さすがに無理だろうと思ったのに、菜々美は湊士さんに飛びついた。

菜々美、嘘でしょう⁉

愕然とする私の傍らで「いいこだ」と彼は自身の上着で菜々美を包み込む。

遺伝子レベルで父親を感じたのか、菜々美はご満悦だった。

湊士さん、子供の扱いが上手だな。

二歳児に合わせた言葉選びに感心しつつ、菜々美を抱っこした彼に聞く。

「あの、どうしてここに？」

「菜々美ちゃんが遠足のお知らせを持っていただろう?」

昨日、菜々美が風に飛ばしたお知らせ。それは確かに彼の足に纏わりついていた。

さすがは湊士さんだ、僅かな情報も見逃さない。

「君はどの辺りを捜したんだ?」

「いなくなったトイレからこの付近を……」

「悪い、言葉じゃ説明不足だ。俺の上着のポケットを探ってくれ」

口早の指示に従ったら園内の地図とボールペンが見つかる。

すぐさま地図を広げると所々に書き込みがあった。

「バツ印は園の職員が重点的に捜索してる。俺達はそれ以外の場所を捜そう。それとここに来る前に、警察官だと名乗って案内所にいた園長先生と話した。颯士くんは慎重な性格らしいね。それで間違いないか?」

「はい」

「それなら自分の意思で消えた可能性が高い。大丈夫、必ず見つかる」

明瞭な声音が飛び、私の胸に安堵が広がる。

慌てるあまり冷静さを欠いた。確かに、颯士の性格なら見知らぬ誰かについては行かない。無理に手を引かれたら泣き喚くだろう。

自分の意思で消えたならどこに行ったの？

疑念が頭を掠めた矢先、傍らの湊士さんが菜々美に尋ねる。

「菜々美ちゃん、颯士くんは何が好き？」

「まま！」

「そっかあ、ママが好きなんだね。それじゃあ二番目は？」

「ぶーぶー、ぞうしゃん？」

どちらが二番か迷ったのか、菜々美の頭がコテンと斜めになる。

そんな菜々美に「ありがとう」と謝辞を伝え、湊士さんは視線を預けにきた。

「颯士くんはぞうが好きなのか？」

「はい。でもぞうの飼育場は捜しました」

私は園内の地図を広げ、捜し回った場所にバツ印をつける。

颯士が消えたトイレからぞうの飼育場は近い。でも、そこにはいなかった。

これまでの足取りを手短に伝えると湊士さんが息を呑む。眼差しは私が広げた地図、その一点に注がれていた。

「ぞうの飼育場の近くに遊び場があるな。そこは？」

「まだです。すみません、見落としてました」

地図を俯瞰《ふかん》して分かった。幼児が好む遊び場を見逃していた。

「謝らなくていい。春菜はよく頑張ってる」

不意打ちの慰めは涙を誘う。

瞼をより熱くしながら彼の先導に従い、ほどなくして目的地に到着した。

雨で閑散とした遊び場には、愛くるしい動物の遊具が点在している。

パンダとウサギの動物にまたがる遊具は、幼児が遊ぶ大きさだ。そして遊び場の奥にはぞうの滑り台があった。

その姿を目に捉えた瞬間、いつかの言葉を思い出した。

前にこの動物園に来た時、帰り際にここを見つけた。でもその日は遊べない。ぽつぽつと雨が降り出したからだ。

『颯士が濡れちゃったらママは嫌だなあ。また今度ね』

あの時、颯士を宥めるために言った。それを覚えていたなら……。

「颯士！」

きっとそこだ。滑り台の下にいる。

説明しようがない直感が働き、私は一目散に走り出す。

もし、いなかったら……。

挫けかけた心を奮い立たせて滑り台の下を覗いた。瞬間、糸が切れたようにその場に崩れる。

「ままあ」

愛くるしい声音が鼓膜まで流れ、大粒の涙が頬を伝った。

雨を凌ぐように滑り台の下に颯士はいた。『自分が濡れたらママが困る』と私の言葉が頭の隅にあったのかもしれない……。

「颯士、いいこだね……、すごーくいいこ」

涙で顔をひたひたに濡らし、キョトンとした顔の颯士を抱き締めたのだった。

その夜、菜々美にせがまれて湊士さんは我が家にやって来た。

私達の住まいはアパートの二階。湊士さんと菜々美は手を繋ぎ、外階段を軽快に鳴らしている。

「湊士くん、はやくはやくう」

「菜々美ちゃんは元気だなあ」

「菜々美、モリモリだよ」

ふたりはすっかり打ち解けた。まるで生後から一緒の親子のよう。

湊士さんには感謝しきれないな。

彼のお陰で颯士が見つかった。

滑り台が雨除けになったものの、発見時の颯士は身体が冷えていた。

念のために最寄りの小児科で看てもらったら異常はなく、ようやく帰宅したところだった。

やっぱり嘘はつけない。湊士さんにきちんと話そう。

ふたりは大事な宝物。だからこそ父親の彼を騙したくはなかった。

偽る存在でもない。父親は湊士さんだと告げて、この先も私ひとりで育てる。

彼は認知を申し出ると思う。それだけは断固拒否したらいい。

覚悟を胸に秘めたら可愛いおねだりを私の耳が拾う。

「ままあ、早くー」

「はあい、いま行くね」

ふふっ、菜々美ったら嬉しそう。

湊士さんと菜々美はすでに自宅の前だ。颯士を連れてふたりの後を追う。

あーあ、掃除をしておけばよかったな。

湊士さんと暮らしていた頃、我ながら家事は完璧だった。

でもいまは、動き回る双子の世話にてんてこ舞い。家事は適度に手を抜き、掃除は優先順位が低かった。

昨日は夕飯を作ってもろくに喉を通らなかった。

子供達には食べさせて自分は少しつまむだけ。湊士さんと思わぬ再会を果たして、悶々と考え込んでしまったから。

ふたりを早く寝かせたいし仕方ないか。

湊士さんは綺麗好きだけれど、多少の散らかりは許してもらおう。

足の踏み場はあったかな？

先に子供達を家に入れ、それからおずおずと申し出る。

「湊士さん、少しだけ待ってください」

「ああ」

やはり室内の様子が気になる。彼の頷きを待ち、ドアを一旦閉めかけた。

そこで靴を脱ぎかけの菜々美が「めっ」と湊士さんを振り返る。

「大丈夫、帰らないよ。お外で待ってるからね」

「ハンバーグ、おいしいよ」

夕飯は煮込みハンバーグだ。

遠足の後ならくたくただろうとすでに仕込み済み。

ふたりには予告したため、菜々美は食事で彼をつる気らしい。

「ハンバーグかあ、いいなあ」

子供達はハンバーグが大好きだ。おかわりができるよう多めに作ってある。

「湊士くんの分もありますよ」

「菜々美ちゃん、湊士くんの分もあるって」

「うん！」

菜々美がモグラ叩きのように、ぴょこぴょこと飛び跳ねる。

喜びを露わにした妹に颯士も関心を示した。私の足にしがみつきつつも、じっと探る眼差しを湊士さんに注ぐ。

その視線を預かって彼が目尻を下げた。

「颯士くん、一緒にハンバーグを食べてもいい？」

ゆっくりな問いかけに颯士は答えない。

湊士さんに顔を近づけられ、私の足にむぎゅっと顔を押しつける。

颯士、やっぱり駄目かあ。

私が苦笑した矢先、緊急を要するサイレンが聞こえた。

本物のパトカーじゃない。湊士さんが自分の声で真似ただけ。

割と似たそれに颯士は反応する。くりくりの二重の瞳を彷徨わせた。

「どこおー？」

「ピーポー、ピーポー。湊士くんが通りまーす」

おどけた声を間近で拾い、颯士の瞳が真ん丸になる。

次の瞬間「しゅごーい」と満月のような瞳がキラキラと光まで宿した。

湊士さん、そんなことまでできるの⁉

颯士の心まで鷲掴みされたら障害はない。

踏み場を確保してから湊士さんを招き入れた。

手狭い我が家で申し訳がない。彼に座布団を差し出して、それからキッチンで夕飯の準備に取り掛かる。

「俺も手伝うよ」

シャツを腕捲りしつつ湊士さんが現れた。

「大丈夫です。サラダを作って、ハンバーグは温めるだけですから」

「それなら尚更やる。春菜は休んでたらいい。野菜室はここかな」

湊士さんは冷蔵庫のドアを開け、サラダ用の食材を出した。

彼は料理が得意じゃない。

東京での同棲時代、家事は分担しても料理は私が担った。それが久々に会った彼は別人のよう。

「湊士さん、お上手です」

きゅうりの薄切りは統一感がある。見事な手さばきにも目を剥く。指でも切られたらとハラハラしたのに、ただの杞憂に終わった。

「しばらく海外にいてね。向こうでは自炊をしてたんだ」

「ええ」

私が頷いた途端、きゅうりを刻む音がピタリとやんだ。

おもむろに視線を預けられ、そこでようやく失態に気づく。

「外務省への出向を知っていたのか？」

「あの、警察庁の公式を見たので……」

彼の動向は逐一追っていた。

嘘は見抜かれる。だから素直に答えたら熱い眼差しを送られた。

「嬉しいな。君を想わない日はなかったから」

じっと見据える瞳に私を閉じ込め、彼は言葉ひとつで心を揺さぶった。

漆黒の双眸は憂いを帯び、瞬く間に心臓がドキドキと忙しくなる。

「春菜、黙って消えた理由は分かってる」

「ごめん……なさい」

どれだけ謝罪しても許されない。

身勝手な行いの自覚はある。頭を下げかけたら彼の手が制した。私の肩に手を添え、彼がいっそう瞳を陰らせる。

「謝る必要はない。俺の話を聞いたらそれが理解できるはずだ」

それはどういう意味だろう？

話の意図が読めない。尋ねようとしたら膝の辺りに重みがきた。

颯士は私の足、菜々美は湊士さんの足にぎゅっとしがみつく。

「菜々美、ぺこぺこ」

「僕もお」

ハンバーグの匂いにつられ、ふたりはキッチンに顔を出したみたいだ。

性格はまるで違うのに食べ物の好みは同じ。私が颯士のつむじによしよしすると、湊士さんは菜々美を使って真似をした。

それから二時間後、子供達は眠りについた。

我が家に来客は珍しい。まだまだ遊び足りない様子だったが、日中は遠足だったし疲れたのだろう。

布団に入るなり、すぐに寝息を立ててしまう。

その直前まで湊士さんは絵本の読み聞かせをしてくれた。

数えきれないくらい私が読んだ絵本だ。

それでも話し手が違うからか、ふたりは真剣な顔で耳を傾けていた。

安らかな寝顔から離れ、私と湊士さんはリビングに移った。

子供達が眠りに落ちたいま、我が家は水を打ったように静かだ。

その沈黙は彼が破った。

あの頃と変わらない。逞しい腕に真正面から包み込まれる。

「春菜、すまない」

どうして湊士さんが謝るの?

戸惑うままに一旦離れようとした。けれど僅かな隙間さえ彼は許さない。

殊更に抱き締められて、それは時間にして数秒続いた。

先程『謝る必要がない』とも彼は言った。

疑念が積もった矢先、ようやく彼の手が離れる。間近に迫る眼差しは熱く、私は露骨に目を逸らした。

彼の意図は知らない。状況に流されたら駄目なのは分かった。

落ち着いて、ちゃんと話をしないと……。

ひとまずコーヒーでも淹れよう。そう思って踵を返した途端、後ろ手を掴まれる。

「頼む、どこにも行かないでくれ」

「そんな……こと」

「ああ、子供達を置いて行くわけがないよな。ごめん、冷静でいられなくて」

深く沈んだ声に胸が割れかけた。

子供達を残して行ったりしない。

いや、ふたりがこの世に存在せずとも、尋常じゃない彼を放って離れない。

湊士さんはいかなる時も理性的だった。その彼がこんなにも心を乱している。

それほど彼を追い詰めてしまった。その事実に胸が深く抉られる。

「違うんです。ゆっくり話をするのに、コーヒーを淹れようと思っただけで」

「ああ、そうか。ありがとう」

心から安堵した表情をもらい、ようやく彼の手が離れる。

キッチンでふたり分のコーヒーを淹れて、再び私はリビングに戻った。束の間、私達はコーヒーを味わった。

それから湊士さんは自身のビジネスバッグからファイルを出した。

「これはある事件の捜査記録だ。警察の調書は無理だが、持ち出せる範囲で俺が捜査の記録をまとめた。結論から話すと、春菜の父親は犯罪者じゃない」

「湊士さん……何を……」

やはり湊士さんはおかしい。

だって父は認めた。私が問い詰めたら逃げ出した。

あれが決定打だ。湊士さんとの未来を諦め、過去を捨てる覚悟をした。

父が無実のわけがない。ただただ混乱すると温もりが私の肩に落ちてきた。

視線が絡まる刹那、湊士さんが明瞭な声で伝える。

「春菜が会った男は偽者なんだ」

「偽……者……」

きっぱりと断言されて私は二の句が継げない。

声を失くした私を傍目に、彼はファイルを開いた。

真っ先に目に留まったのは母の形見だ。これと同じものをあの人も持っていた。

「この写真っ……私の父も持っていました」

「まったく同じものだろう？」

「はい、だから――」

言い切る前に湊士さんの首が左右に動く。そして愕然とした私に真実を突きつけた。

「同じ写真が存在するわけがない。別々に暮らしていたら尚更だ」

同じ写真が存在しない？　別々って……。

彼の言い分を心で復唱した途端、ああっと私は項垂れた。

ある可能性に思い至り、同時に背中を振り返る。

そこには家族の思い出を眠らせた戸棚があった。その一番上、引き出しには母の形見を仕舞っていた。家族三人の写真も一緒だ。

どうして……、気づかなかったんだろう。

父と母は同じ写真を持っていた。

ふたりは二十年以上も前に別れた。

別々の場所で暮らしていたなら〝経年劣化が違う〟はず。

同じ写真でも保管状態が異なるなら、ここまで瓜二つにはならない。

決定的なのは写真に収まる父だ。

湊士さんが見せたファイル内の写真、そして母の形見の写真を目を凝らして見比べた。二枚の写真は父の顔がぼやけている。

それは母が父を想うがあまり指で擦ったせい。それだけじゃなく、二枚の写真は日焼けの程度や汚れの箇所まで同じ。

〝コピーでも作らない限り〟、ここまで一緒にはならないだろう。

「湊士さん、ひょっとしてこの写真は……」

「沢木家の空き巣犯が、お母さんの形見の写真をスキャンコピーしたものだ。春菜の父親に成りすまして、お金を巻き上げるために」

「っ……」

衝撃に呑まれてゾッと身震いする。

そんな私の肩を抱き、湊士さんはぽつぽつと真実を打ち明けた。

沢木家の空き巣事件、そして私への詐欺未遂。

ふたつの事件は繫がっていた。主犯は柳原という女性だ。

湊士さんのファイルに彼女の写真もあり、見覚えがある気がした。

「この女の人、どこかで見た記憶があります」

「春菜と柳原はホテルで顔を合わせてる。彼女はずっと君を探っていたからね」

彼女は湊士さんが検挙した、組織犯罪の末端だった。

その時は軽い罪で済んだが、いまは刑務所にいるそう。

私の父を装った男は彼女が金で雇ったチンピラらしい。

彼女の更生を祖父は願った。その思いが届かず、すれ違いからの再犯だと知る。

彼女に騙されたのは私だけじゃない。

隣家の木村さん、湊士さんの未来を思った宮内捜査官まで欺かれた。

事件の内情を知り、昂る感情でどうにかなりそう。絞り出した声は情けないほど擦り切れる。

「私……何も知らないで、本当にごめんなさい」

いまにも溢れそうな涙の泉で視界がぼやける。

私の思いに比例して彼の瞳まで悲しみに打たれたよう。

「何度も言うが謝らなくていい。でも相談をしてくれたらとは思った」

「それは……無理です」

私は湊士さんの不幸の種だ。一緒になったら彼の人生まで終わる。

恋人になれた数ヵ月は一生分の幸せをもらった。

それで充分だと、心でむせび泣きながら強く、そして必死に願った。最愛の人だから、誰よりも大切だから、どうか……。

「幸せになって……欲しかっ……た」

心からの想いを届けたら、ぽろっと涙が頬を滑った。

湊士さんはそれを柔らかな口づけで拭い、優しげな眼差しまでくれる。

「俺を幸せにできるのは春菜だけだよ」

視線が絡まるだけで愛おしさが込み上げる。

溢れる想いは止まらない。答えはいらない。ただ伝えたい、そう思った。

「湊士さんが大切なんです。誰よりも……」

心からの想いを届け、正面から彼に抱きつく。彼の表情は分からない。だが、胸板から伝わる鼓動は徐々に速まる。私のうなじに顔を埋めながら湊士さんが囁いた。

「俺も同じ気持ちだ。春菜、君を二度と離さない」

そばにいる彼の姿はどこか夢現だ。

もう会えないと思った彼と無言で抱き合う。それだけで胸が至福に満たされていく。

誰に頼まれたって、この先何があったとしても彼から離れない。

時間にしてどれくらい過ぎただろう。

愛しくて堪らない人の温もりを堪能した後、湊士さんが声音を若干固くした。

「春菜、間違ってたらごめん。あのふたりは……俺の子じゃないのか？　実は、さっき菜々美ちゃんが教えてくれたんだ。『パパはいない』って」

胸板から伝わる鼓動がやけに響く。

期待と不安が入り混じる複雑な心音だ。固唾を呑む気配まで感じ取り、私は即座に答えた。

「そうです……湊士さんが父親です」

この言葉は一生言えないはずだった。

それを声にした途端、新たな涙の筋が生まれる。

何も知らなかったとはいえ、私は子供達と湊士さんを引き離した。それが彼を守る最善だと疑わなかった。

顧みると間違っていた。

たった数時間、子供達と過ごす彼を見て思いを改めた。

湊士さんはふたりの父親だ。どんな事情があっても引き離すべきじゃなかった。

父親のいない寂しさは身に染みていた。

それなのに我が子にも同じ思いをさせた。

子供達との生活は賑やかで楽しい。でもふとした時、父親と母親が揃う家族連れと街ですれ違うと、やりきれなさに胸が潰れた。

どれだけ会いたかったか、苦しかったか。心が泣き叫んだのは私だけじゃない。

湊士さんが静かに息を吐く。

それと同時に、彼の膝にポタリと雫が落ちた。

声も上げずに、湊士さんは何度も首を縦に振る。それから、たった一言だけ漏らした。

「ありがとう……」

もう会えないと思った彼がそばにいる。

離れていた分、もっと近くにいたい。

思うままに広い背中にしがみつくと、逞しい腕が私を抱き留めた。僅かな隙間さえ埋めようと強く……。

10

紅葉が美しい十月、私は荷物が搬入される様を見守っていた。

作業服姿の彼等は湊士さんが手配した引っ越し業者だ。口を挟まずとも事前の打ち合わせ通りに動いてくれ、滞りなく引っ越しは完了する。

湊士さんと再会して四ヵ月の時が流れた。

私の父は犯罪者じゃない。

その事実が判明しても心配はあった。そのひとつが湊士さんの両親だ。

東京にいた頃、彼の両親とは花見をする約束をした。

それを無下にしただけじゃなく、大事なご子息の子供まで無断で産んだ。

心証がいいわけがない。

そう思ったのに、予想に反して彼の両親は懐が深かった。

『孫が一度にふたりもできた』と喜んでくれ、私は住居を東京に移した。

そして来月、子供達は三歳になる。

『仲良しの湊士くん』との生活をすごく楽しみにしていた。早速、三人で遊びに出かけるほどに……。

新しい住まいは、かつて湊士さんと暮らしたマンションだ。

私が東京を離れた間に、マンション内には新たな施設が備わった。

それは幼児向けの水遊び場で大人用のプールに併設されている。

温水広場なら季節を問わずに楽しめるなあ。

颯士と菜々美は水遊びが大好きだ。今頃、湊士さんと存分に楽しんでいるだろう。

ふたり共、湊士さんに懐いてくれてよかった。

三人で遊べるまでは少し時間を要した。

最初の頃は私が常に一緒にいた。菜々美はへっちゃらだが、颯士は不安がって駄目だった。

それがいまは自ら率先して『遊ぼお』と颯士から湊士さんを誘う。

颯士がこれだけ懐くのは珍しい。それは愛情を肌で感じ取ったからだろう。

この四ヵ月、湊士さんは一日も欠かさずに連絡をくれた。どれだけ多忙でもビデオ通話で子供達と顔を合わせ、都合が合えば遊びに出かける。

公園遊びでは一緒に泥だらけになり、本の読み聞かせも数えきれない。

それだけ愛情を注がれたら二歳児にだって伝わる。

愛されている安心感、それが颯士の心を開いたのは間違いなかった。

湊士さんとはいずれ籍を入れるつもり。でも、まだまだ先になる気がする。

『子供達と距離を縮めてからにしよう』

そんな考えが彼にはあるからだ。

いつかは『湊士くん』じゃなくて、パパだって分かってくれるかな。

以前、菜々美は駿介さんを『パパ』と呼んだ。

あれは菜々美にとってお遊びだった。父親じゃなくあだ名で呼ぶ感覚だ。

それでもあの時は『パパはいないの！』と菜々美を泣かせるほど叱り飛ばした。

こうして振り返ると酷い八つ当たりだった。思いがけず湊士さんと再会して、当時はとても冷静じゃなかったから……。

遠足で颯士が甘えたのは私のせいだと思う。心の動揺が颯士に伝わり不安にさせてしまった気がする。

ふたりには湊士さんがパパだと伝えた。でも未だに呼び名は『湊士くん』のまま。

『いない』とか『いる』だとか、一体どっちなのって混乱しちゃうよね。

湊士さんは子供達といられるだけで幸せと言う。

離れた時間を思えば本心だろうが、叱り飛ばしたあれが尾を引いているなら申し訳がなかった。

まだまだ母親として未熟だな。

ふうっとため息を吐き出し、それから荷解きを始める。

私の私物はそれほどない。荷物のほとんどが子供達の物だった。

まずは大量の絵本から手をつける。最初は颯士のものからだ。

『小熊の親子シリーズ』かあ、颯士の一番のお気に入りだよね。

物語は単純で親と子供達、熊の家族の日常を描いたもの。

最近はこればかり『読んで読んで』と颯士がせがむから、菜々美は少し飽きていた。

今夜は私と湊士さん、どっちが読むことになるんだろう。

絵本を差し出す颯士を想像する。ふと窓を見れば、優しげな表情の自分がいた。

東京の空に夜の帳が下りた頃、子供達の瞳が丸くなる。

眼下に広がる夜景は宝石をちりばめたよう。夜の外出は避けていたし、ふたりはマンションからの夜景に興奮気味だ。紅葉みたいな手を窓に添え、瞳を爛々と輝かせる。

「まあぁ、キラキラだねえ」

「本当、綺麗だね」

菜々美の言葉に頷けば今度は颯士だ。右の脇腹付近を引っ張られる。

「おもちゃ、電車だよ」

「あれはね、本物だよ。ここはすごーく高いから、おもちゃみたいに小さく見えるの」

説明をしたものの颯士はキョトンとしたままだ。

ふたりにとっては見るものすべてが新鮮な様子。愛らしい反応をもらう度に自然と頬が緩む。そこへ腕捲りをした湊士さんがリビングに来た。

「ふたり共、ぷかぷかができたよ」

『ぷかぷか』はお風呂のことだ。

言葉の覚え始めに、ふたりのうちのどちらかが言い出した。あんまり可愛いから、正しい言葉はもう少し先でもいいかなと考えている。

あれだけ水遊びをしても、まだお風呂にも入るのね。

湊士さんは結局、ふたりの水遊びに二時間も付き合った。

ここに帰ってすぐシャワーを浴びたから、ふたりはその時に広いバスタブに目をつけたのだろう。夕飯を食べる前『ぷかぷかしたーい』と湊士さんにお願いしていた。

「湊士くん、ぷかぷかしよ」

菜々美が湊士さんに迫れば、颯士は私の肘を引っ張る。

「ままあ、いっちょ」

「えっと……」

ふたりはもう何度も湊士さんとお風呂に入っている。

でも私を含めた四人での経験はなく、颯士の申し出に声を詰まらせた。

ここの浴槽は広いし四人でも入れそうだけど。

賑やかで楽しいと思う反面、どうしたって羞恥が勝る。颯士には悪いが手を振りかけたら、不満を露わにされた。

「熊しゃん、いっちょだもん」

「颯士？」

会話に出た『熊しゃん』は絵本のことだろう。

なぜここで絵本の話になるのか。不思議に思った矢先、予想外の言葉が飛び出た。

「ぷかぷか、皆いっちょなの」

颯士のほっぺが風船みたいに膨らむ。より意固地に肘を引っ張られ、胸の鼓動がトクトクと幸せの音を響かせた。

颯士が好きな絵本、そこに登場する熊の親子は何をするにも一緒だ。

『家族ならお風呂も四人で一緒だよ』

ひょっとして颯士はそう伝えたいのかもしれない。

颯士、湊士さんをパパだって言いたいの？

陽だまりを浴びたように心が温まると、右肩に重みがかかった。頭ひとつ高い彼と視線を絡め、ふたりで目尻を垂れ下げたのだった。


ほどなくして子供達が眠りにつく。

並んで寝るふたりを眺め、湊士さんは瞳を細めた。

「今日はいつもより寝付きがいいな」

「パパが沢山遊んでくれたお陰ですね」

颯士の案を聞き入れて、今夜は家族全員でお風呂を楽しんだ。

端的な感想は『はちゃめちゃ』だ。ふたりはジェットバスに大興奮、それでも何とか身体を洗い、最後は茹で上がりそうになるまで湯船に浸かってアニメソングを歌う始末だ。

引っ越しの初日で大目に見たけど、明日からは厳しくしなきゃ！

胸中で呟いた途端、湊士さんの香りが鼻腔を掠める。熱い息が唇にかかり、そっとまつ毛を伏せれば甘い口づけが降りてきた。

愛し合う行為は神聖なものだが子供達の前ではバツが悪い。

今夜のキスも短めに終わり、湊士さんが口元に微笑を湛える。

「いまからふたりで、ぷかぷかをしようか？」

「もし子供達が起きたら大変ですよ」

「確かにな。でもまだ愛し足りない」

誘うように背筋をなぞられ、ゾクッと肌が粟立つ。

ここで愛し合うのは駄目だ。彼もそれは承知のはず。

廊下を挟んだ真向かいは湊士さんの自室だ。眼差しで訴えた途端、悠然とベッドから抱き上げられる。

「み、湊士さん⁉」

「声が大きい。俺の部屋まで我慢してくれたら、思う存分啼いていい」

色気を帯びた声音にきゅっと胸が痺れる。そのまま向かいの部屋に運ばれ、口内を愛撫するかのキスに酔いしれた。

ネットの記事によると『遠距離恋愛の恋人同士の交わりは激しい』そう。

男性は特に強欲に求めがちだが彼は違う。私の反応を窺いつつ、優しい口づけで愛を伝える。口内をしっとりと濡らされ、官能的に粘膜まで弄ぶ。

「はっ……ぁ、ん」

そんなにされたら身も心も溺れてしまう。

甘美な水音を撒き散らし、理性を剥がされた刹那。

なぜか視線を感じ取る。そっと瞼を持ち上げたら優しい眼差しに捕まった。

ひょっとして、ずっと見られてた？

欲望を煽られ、いまの自分はどんな顔だろう。

「見ないで……ください」

「無理な相談だな。過去に戻れないなら、いまこの瞬間も俺には貴重だ」

紡がれた真摯な告白に、胸が陽だまりに包まれたようになる。

私の心を言い知れない至福で満たし、湊士さんは伏し目がちに口づけを捧げた。

しなやかな指に頭をかき抱かれ、その妖艶な表情にさえ心が攫われる。

「んっ……はぁ」

漏れた声の甘さに眩暈がしそう。

でも羞恥より深く交わりたい思いが勝る。

口蓋を舐め取られ、ブラを外されかけた矢先。熱い唇が唐突に離れていった。

もう終わりなの？

不埒にも思うと至近距離から苦笑をもらう。

私の着衣を素早く元に戻し、湊士さんは視線をちらりとドアへ向けた。

瞬間、風でも吹いたようにドアが開く。寝ぼけまなこの颯士がそこにいた。

「しっこ」

どうやらおしっこに起きたみたいだ。

危なかった、湊士さんが気づいてくれてよかった。

彼が颯士の気配を察しなかったら、あられもない姿を晒していた。

「ままあ、漏れちゃう！」

「ごめん、行こうね」

心臓をバクバク鳴らし、私は飛び跳ねる勢いでベッドから離れる。

眠気にふらつく颯士の手を引いて、ふたりでトイレへ向かった。

11《湊士SIDE》

パパとの呼び名に慣れてきた三月下旬。

外務省の出向を終えた俺は『警視庁捜査二課』を率いていた。

ここでの初仕事は関東を拠点にした組織犯罪の摘発だ。トクシツでも経験済みだが、ここでの捜査もイタチごっこの様相を呈した。

警視庁の二課は花形部署のひとつ、捜査官もエリート揃いだ。

課長の席に就き九ヵ月の時間を要したが、緻密なマニュアルに沿った知能犯との攻防に勝利した。事件の戒名《かいみょう》を外す部下を労って事件は幕引きとなった。


日差しは春めき、来週末にも花見日和になるらしい。

悲しい別離を経験する前、俺と春菜は花見の約束をした。

毎年恒例の親戚一同が集う花見の席だ。そこで春菜を紹介する算段でいたが、当時は叶わなかった。遠回りはしたが、ようやく彼女をお披露目できそうだ。

まだ二時か、一度家に帰る余裕がありそうだな。

本日の仕事はこれにて終了だ。

この一ヵ月ろくに休んでない。警察官とはいえ余暇は必要だし、機械でも電源を入れっぱなしでは寿命を縮める。

これから保育園に子供達を迎えに行き、明日の休暇は羽を伸ばすつもりだ。

ここ最近、俺には新たな趣味ができた。

尊には『似合わん』と断言されたが日曜大工だ。これがなかなか楽しめる。

最初に手掛けたのは子供部屋のテーブル。

その次は、ふたりがお片づけをしやすいように、カラフルなおもちゃ箱を制作した。

最新作はトイレ用の踏み台だ。

子供達はいまオムツを外す練習、いわゆる『トイレトレーニング』の真っ最中。

まだおチビ故に、成人のトイレで用を足すには大人の助けが必要だ。無理によじ登るのも危険なため、ちょうどいい高さの踏み台が必要だった。

春菜は市販品を買う気でいたが、それでは味気がない。切り分けた木材とドリルがあれば、製作はそれほど難しくなかった。

ふたりは完成した踏み台を大層気に入り『お絵描きしゅるー』と可愛い絵を施し、トイレに行く回数が無駄に増えたのが悩みだ。

こんな悩みなら、いくらでも大歓迎だな。

一緒に住み始めて短いのにすでに子煩悩の自覚はある。

街で知らない子供を見ると、ふたりの姿を重ねて笑みが零れた。子供達が安心して暮らせるよう、社会に巣くう闇と戦う気力もより漲る。

春菜には感謝しきれない。

彼女は保育士だ。その仕事柄、双子の出産と育児の苦労は想像の範疇だったろう。

それでも産まない選択はなかったそうだ。

ただ、俺には一生会わない覚悟だったため『ふたりに自分と同じ道を歩ませるのが申し訳ない』と心痛したらしい。

ふと、彼女に出会った夏の日を想起する。

当時、彼女はクラスメイトを庇う行いをした。

正しい行為は必ずしも報われない。悪意ある嘲笑を受け、彼女は深手を負った。

当時、俺はその姿に考えさせられ『必死に生きる人の助けになりたい』と警察官を志した。

警察官の仕事はただでさえ激務だ。

やり甲斐はあるが心が折れる事件にも出会う。

努力を重ねても犯罪は絶えず、残忍な事件に出くわす度に心が沈む。

それでもやり甲斐のある仕事だと言えるだろう。

ここ最近、颯士と菜々美は『パパのお仕事』に興味津々だ。

先日、制服姿を写真で見せたら『僕も着るー』とか『菜々美もー』と大はしゃぎだった。

子供に誇れる仕事に就けてよかったな。

改めて春菜との出会いに感謝した矢先、すれ違う男から声が届く。

「千家警視正、警視庁にトクシツを立ち上げる話は順調か？」

春菜の件で因縁ができた鈴木警視……否、昇進したての鈴木警視正だ。

その話は計画書すら出してない。上の意向を探るために、時折世間話程度にするだけだ。

ああ、なるほど。スパイがいるわけか……。

怪訝な顔になる前に理解した。

正義を気取る警察内にも派閥闘争はある。俺達は敵対する派閥同士だ。

くだらんとは思うが、知らぬ間にグループ分けをされたらやむを得ない。

「予算の兼ね合いもあるし、まだまだ先の話だよ」

「随分と余裕だな。せいぜい靴を舐めてでも上の機嫌を取るんだな」

手厳しい嫌味を投げつけ、彼は靴音を鳴らして廊下を進む。

俺と春菜を引き裂いた事件。

当時、宮内捜査官は一般人の春菜に捜査情報を漏らした。鈴木警視正の昇進が遅れたのは、その責任を取らされたからだ。

つい口を滑らせたわけじゃなさそうだな。

春菜の件での負い目から暗に伝えたのだろう。

「借りは返した」との呟きを拾い、俺は表情を和らげた。

「余裕か……」

確かに、ここ最近は何もかもが順調だ。

刑事ドラマだと、こんな時は悲惨な事件が発生する。

どこかに落とし穴があるのではと疑心に駆られたが、無理に事件に結び付けるのはよろしくない。警察官の悪癖というやつだ。

幸せなのは何よりじゃないか。

子供達も懐いてくれたし最愛の彼女も戻った。

しかし再会を経た当時、春菜には心配があった。

もし本物の父親がろくでもない人物だったらと……。

偽者の登場から彼女の心には不安の根が広がった。

俺が春菜でも同じ気持ちになる。だから彼女の心は想定済みだった。

実は春菜の捜索と並行して、行方知らずの父親の消息を追っていた。

目標の達成には外務省の出向が役立った。

そこでの職務は現地にいる邦人の安全対策、及び不測の事態での保護が概ねの任務だ。

一年半前、俺の赴任地でテロの予告があった。

幸いなことに犯行は未然に防げたが、現場のレストランは混乱状態に陥った。逃げる際に転倒した店主を助けた客、それが春菜の実父だ。

テロの共犯が客に紛れた可能性もある。

地元の警察は客の素性を洗ったが、すべての者がシロ。

運よく知り得た情報だが、春菜の父に犯罪歴はないと判明した。

残念な点を挙げるなら彼との対面は叶わなかったことだ。

春菜の父は旅行で俺の赴任地に立ち寄り、その先の消息は分からなかった。

その問題も解決は近い。

俺と春菜の再会に一役買った折り紙、あれは彼女が父親からもらったものだ。

だから桜井議員と同じように、俺もSNSを最大限に活用した。

『恋人の父親を捜しています』

七福神の折り紙を写真に撮り、その画像をネットの世界に投げ打つ。善意の連鎖は瞬く間に繋がり、実にいい結果を得られた。

『知人からこの折り紙を教わった』

SNS経由で連絡をもらい、ついに彼の発見に至った。

俺と春菜の父はしばらくメールでやり取りをした。それで彼の胸中を知る。

離婚した当時、春菜の父は大病を患っていた。

家族の負担にはなれないと知人の伝手で海外に渡った。この数年、新薬の成果で容体は安定したが、今更家族には合わせる顔がないと思ったそうだ。

離婚理由は愛するがための別離だった。その事実が明らかになり、春菜は一筋の涙を流した。近々、彼は日本に来るらしい。双子の孫を交えた家族写真を撮るのが楽しみだ。

確かに、家族写真は宝物だな。

三人が東京に住み始めた頃、尊が撮った一枚の写真。

ふたりにせがまれて撮影した写真は俺の宝物だ。

尊はカメラマンのセンスがあるな。違う、被写体が素晴らしいんだ。

いまの胸中を尊に覗かれたら呆れ果てるだろう。

『親馬鹿丸出し』とか『結婚前から尻に敷かれるとはな』だとかと、好き勝手にのたまうだろう。

好きに言わせておけばいい。アイツに最愛の女性ができたらお返ししてやる。

春菜と出会えてふたりの子宝に恵まれた。

いまではもう、あの三人がいない人生は考えられない。

己を犠牲にしても守りたい存在。

その数が多いほど不安は尽きないが、至福にも出会える。

家族と過ごせるひと時を尊にも味わって欲しい。弟分の未来に思いを馳せながら、俺は職場を後にした。


午後五時、俺は自宅で着替えてから保育園へ向かう。

ふたりが通う園は春菜の元職場だ。

『突然の退職でご迷惑をおかけしました』

春菜が東京に戻るなり詫びに赴いたら『謝るくらいならまた働いてよ。人手不足で大変なんだから』と当時の学年主任から復帰の要請をもらったらしい。

泣く泣く手放した過去が、またひとつ元に戻るな。

桜が舞い散る四月、園児に囲まれる彼女の姿がまた拝めるだろう。

家事と育児は春菜とふたりで分担だ。

仕事の都合にもよるが子供達のお迎えもすっかり慣れた。

顔なじみになった保護者と挨拶を交わし、俺はお迎えの教室へ足を運ぶ。

「あー、ぱぱだあ」

颯士は察しがいい。先生が呼びかける前に俺に気づいた。

続いて菜々美がタタッとこちらに駆けてくる。

ああ、教室で走るのは危険だぞ。

俺の懸念は見事に当たり、菜々美はズルッと足を滑らせる。

「危ない!」

悲鳴を上げたのは俺じゃない。

教室にいた保育士だが菜々美は大事にはならなかった。尻餅をつく寸前で、俺はプロサッカー選手顔負けのスライディングをかます。ツインテールの娘を膝に乗せたら、わっと教室が拍手喝さいに包まれた。

「すごーい」

友達から羨望の眼差しをもらい、菜々美は得意そうに笑う。

「菜々美のぱぱ、おさわりさんだもん！」

『おまわりさん』と『おさわりさん』。たった一字違いでも印象が変わってしまう。

お触りって、まるで痴漢じゃないか……。

菜々美の声は思いのほか廊下まで轟いた。

数名の保護者から訝しい視線をもらい、穏やかな空気が一変する。

職員は問題ないだろうが、保護者の間で妙な噂が流れたらまずい。ここで働く予定の春菜に悪い影響が出たら困る。

「菜々美、そうじゃ……ないだろう？」

「んー、おさわりまん？」

それも違う！

コテンと首を傾げる姿は愛くるしいが、俺は胸中で絶叫する。

いよいよ面持ちに焦りを滲ませたら救世主が登場した。帰り支度を整え、帽子をきちんと被った颯士だ。

「僕のぱぱ、悪い人捕まえるの。警察官なんだあ」

ああ、そう言えばよかったな。

冷静沈着と揶揄される俺だが、子供のことでは狼狽しがちだ。

颯士のお陰で誤解は氷解する。

言い違えだと納得したらしく、クスクスと保護者達から笑い声が溢れた。

颯士は読書好きだ。

そのせいか、最近は言葉も随分と覚えた。

子供ながらに機転が利くし、このまま成長したら将来の夢も叶うだろう。

『ぱぱと一緒に悪い人を捕まえる』

それが颯士の夢だが未来は分からない。

たとえ父親の俺とは違う道を歩んでも、この命が尽きるまで見守るつもりだ。

保育園からの帰り道、車が曲がる度に後部座席のふたりは上機嫌だ。

「右ごーごー」とか「左ごーごー」だとかと可愛らしい声を弾ませる。

幼児言葉は奥が深いな。

最初は何のことやらと思ったが、どうやら機械的な音声の真似らしい。

カーナビゲーションの『右方向に曲がります』に合わせて『右ごーごー』と合唱をし始めた。どうやら『右方向』が『右ごーごー』に聞こえるみたいだ。

可愛いなあ、本当に……。

車のハンドルを握りつつ目尻を下げた。

都心の道路事情は熟知している。渋滞を避けて自宅に帰り着くと、その頃合いで電話をもらった。微かな振動音をもたらしたのは意外な人物だ。

木村さんか、珍しいな。

春菜が行方をくらまし、彼女とは連絡先を交換した。当時は『春菜から連絡があったら教えて欲しい』と藁にも縋る思いだったからだ。

春菜は今日、彼女と会う約束をした。

実の祖母のような彼女とは、さぞ楽しいひと時を過ごせただろう。

心穏やかに思いつつ液晶画面をタップする。刹那、絶叫が俺の耳を突いた。

「千家さん、大変よ！　春菜ちゃんが攫われたわ！」

悲痛な叫びが耳にこだまし、たちまちに全身が凍りつく。

微かに漏れた息は冷たく、心音は早鐘を打つようになった。

攫われた？　……大丈夫だ、落ち着け。

それが事実なら呆然とする暇はない。

誘拐事件は時間との勝負だ。努めて冷静に状況を俯瞰し、抑揚を抑えた声音で問う。

「木村さん、春菜はどんな人物と一緒でしたか？」

「どんなって……男だったわ！」

「男性ですね。服装や顔の特徴、記憶にあるもので構いません。何か覚えていますか？」

「特徴……そうね、目つきが悪くて全身真っ黒だったわ。春菜ちゃん、スマートフォンを忘れていってね。それを届けに行ったら車から怖い声で脅されてたのよ！」

それはまずいな……。

電話がなければ追跡が不可能だ。

春菜を狙う男か。一体、何の目的だ？

視線を宙に彷徨わせたら、ある人物が脳裏に姿を現した。

子供達の父親だと勘違いした男だ。憤怒に心を染め、俺は額に手を添えた。

12

木村家で茶菓子をいただいた後、私は平日でも賑わう銀座の街にいた。

数寄屋橋《すきやばし》の交差点から小路に入り、目当ての店で買い物を済ませる。上品なドアマンに謝辞を伝え、ハイブランド店を後にした。

右手に提げた紙袋のひとつは湊士さんへのプレゼントだ。

まもなく彼の誕生日。その贈り物は彼の贔屓店でと考え、事前に用意したわけだった。

「有馬さん、今日はありがとうございました」

「いいんだ、湊士さんのためだからな」

有馬さんは心からの笑みを端整な顔に浮かべる。

読めない能面を剥がした彼は親しみやすい。つられて私も笑顔になった。

彼は私の相談役だ。湊士さんへの贈り物を悩んでいたら『買い物に付き合ってやる』と時間を割いてくれたのだった。

彼の職場は東京から離れた地方の県警だ。

いくら非番とはいえ、わざわざ車を飛ばしてくれたのだし感謝しきれない。

それとついさっき、有馬さんに電話を借りて宮内さんと話ができた。

私と湊士さんを引き裂いた事件、彼女は捜査情報の漏洩で左遷されたらしい。

丁寧な謝罪をもらったけれど、彼女も被害者のひとりだ……。

「これは有馬さんにです」

紙袋のひとつを差し出すと、有馬さんが怪訝な顔になる。

「買い物の礼にしては高すぎるぞ」

「それだけじゃないです。有馬さんには諸々お世話になりましたから」

有馬さんは湊士さんと一緒に、私の行方を捜したと聞いた。

沢木家の空き巣事件では『犯行動機から怨恨を外すな』と、有馬さんは当時の上司に掛け合ったそう。

湊士さんの言う通りだなあ。

有馬さんをよく知る彼は『尊は情に厚い男』と評した。

言葉足らずなため『冷たい男』と誤解を招くもそれは間違い。本当に他人に無頓着ならこれほど親身にはならないと思う。

有馬さんは私と湊士さんの再会を心待ちにしたひとり。

血を分けた私達の子供達も可愛がってくれている。彼にはずっと礼をしたかったし、この好機は絶対に逃がさない。

「有馬さん、これからも湊士さんの味方でいてくれますか？」

投げかけた質問に彼は口角をつる。柔和な面持ちは愚問と言いたげだ。

「これは将来を見据えた賄賂だな？　それなら受け取る」

まったくもう、素直じゃないなあ。

皮肉めいた物言いは彼らしい。

ふふっと笑みを零して紙袋を手渡す。そこで有馬さんが着信をもらう。彼はスマートフォンを眺め、ちらっと私を一瞥した。

「湊士さんからだ。一緒にいるのがバレたんじゃないのか？」

「それはないと思います。だって有馬さんの『あ』の字も出していませんし」

ハイブランドの贈り物は遠慮されそうだし、今日の買い物は湊士さんには秘密。

有馬さんと会うとも伝えてないのに、電話越しの彼は私の想定を超えてきた。

「尊、いま春菜と一緒だろう？」

ええ、どうして分かったの⁉

音声がスピーカーに切り替わり、その第一声に声を失う。

有馬さんも驚愕したのか、ハッと息を呑む。それからブリザードが吹き荒れるごとく『話が違うぞ』と双眼を凍らせた。

そんな怖い顔されても本当に話してないのに……。湊士さん、どうして分かったんだろう。

うーんと首を捻る傍らで、有馬さんはあっさり白状する。

「湊士さん、その通りだ」

「やっぱりか。ああ、よかった……」

「何がだ？」

湊士さんの胸中がさっぱり読めない。

聞こえてきた声音は遭難者を発見した山岳救助隊のよう。ますます不可解に思うと、彼は歯に衣着せぬ物言いで声を連ねた。

「黒ずくめで目つきが悪い男と言ったら尊だろう？」

「酷い言われようだが正しいな」

こめかみにピクッと筋を立てた彼に構わず、湊士さんは早口で捲し立てる。

「あの辺は一方通行だし『早くしろ』と春菜をせっついただろう？　もう少し愛想をよくしておけ。そのうちに手にお縄がかかるぞ」

「湊士さん、さっきから妙だぞ？」

「とにかく春菜に代わってくれ。ああ、ビデオ通話の方がいいな。声だけじゃ不安なんだ」

湊士さん、一体どうしたっていうの？

釈然としない有馬さんには共感しかない。

彼からスマートフォンを託され、その液晶画面に顔を映すと湊士さんと両脇には子供達がいた。

見慣れたリビングを背景にし、いち早く颯士が嬉しそうに笑う。

「あー、ままだあ」

「尊おーじだあ！」

菜々美、また『尊王子』になっちゃったのね。

元気にはしゃぐ声は電話越しでも愛おしい。自然と私の顔を綻ばせた。

有馬さんと子供達は面識済みだ。

最初に『尊おじさんだ』と彼は名乗ったのに『尊王子さんね！』と菜々美は盛大な言い間違いをした。

その都度訂正は試みるも、時々こうして間違える。

王子様が大好きだから、つい言い違えちゃうのかな？

有馬さんは綺麗な顔立ちだ。菜々美の乙女心をくすぐった可能性も否めない。

本日の彼は黒めのシックな恰好。彼は普段から黒を好むが、色白だしキラキラ感全開な純白のスーツも似合いそうに思えた。

有馬さんにご執心だと分かったら、湊士さんすごく落ち込むだろうな。

湊士さんがあれほど子煩悩とは想定外。まだずっと先だろう、菜々美の嫁入りを妄想しては『パパは悲しいぞ』と心痛するなんて……。

有馬さんを交えた電話越しの団欒に、私は心穏やかに目を細める。

来月、湊士さんとは華やかな式を挙げる予定だ。

随分と遠回りをしたものの、春の到来はまもなくだった。


子供達が寝付いた深夜、私と湊士さんは大人の時間を楽しんだ。

夕飯は和食だったため、久々に辛めの日本酒で乾杯をした。その席で日中のひと騒動を湊士さんの口から聞かされる。

「春菜が攫われたと聞いて、峰本さんの息子がまず頭に浮かんだ。しかし冷静に考えたら彼じゃない。もし彼が狙うなら――」

「私じゃなくて子供達ですもんね」

言葉尻に声を重ねたら湊士さんが苦笑する。

東京に住居を移す前、駿介さんとは和解していた。

彼にはずっと好意を寄せられていた……その推測は誤りだった。

指輪まで購入して彼を避けたのに、無駄な出費だ。

あの頃、駿介さんは私の子供達と『親子ごっこ遊び』をしたがった。それは純粋に父親になりたいがため、私への好意とは違う。

遠足の後日、きちんとした謝罪を受けて彼の心が分かった。

『はるちゃん先生、ごめん。俺、子供達に会えなくて寂しかったんだ』

なんと彼は既婚者だった。

その事実を知っていたのは園長だけ。だから彼女以外の職員は目を剥いて驚いた、それはもちろん私も。

驚愕の事実はそれだけじゃない、彼は双子の父親でもあった。

しかし育児を妻にすべて任せて愛想を尽かされた。妻は子供を連れて実家に帰ったそう。

その子供達と颯士と菜々美を重ねて追い回したらしい。

仕事中にスマートフォンをいじくるのは、自分の子供の写真を愛でるため。

それで遠足では颯士から目を離し、さすがに反省したそうだ。

あれから彼は心を完全に入れ替えた。

勤務態度も真面目になり、手術を無事に終えた峰本さんによると『離婚は免れそうだ』とのことだった。

ちなみに駿介さんから事情を聞く前に『駿介さんの狙いは子供達』と勘づいていた。

もちろん私じゃない、見事な洞察力を発揮した湊士さんがだ。

「湊士さん、駿介さんが私を好きじゃないって、なぜ分かったんですか？」

当時はつい聞きそびれた。今更ながら尋ねると彼は口元に微笑を湛える。

「警察官の勘だな。それと春菜を見つめる瞳が俺とは全然違った。愛しい人はこんな風に見つめるだろう？」

私の頬に手をあてがい、湊士さんは熱い眼差しを捧げにきた。

「俺の部屋へ行こう」

魅惑的な表情に胸の鼓動が煩い。耳朶に響く声音は堪らなくセクシーで、酔いが一瞬で彼方へと吹き飛ぶ。

彼とは数えきれないほど抱き合った。

快楽を否応なしに刻まれ、誘いの文句だけで身体が疼いてしまう。

彼を欲しがる身体を淫らとは呼ばない。

最愛の相手と出会えて幸せだ。それでも夢中でよがる姿は見られたくなかった。

書棚を背にして私達はベッドに倒れ込む。普段なら照明を落とすのに、ライトは煌々と点灯したままだった。

「あの、灯りを……」

「今夜はこのまま愛したい。駄目か?」

唇を食みながらの催促はずるい。

今日は湊士さんを予想外に不安にさせた。その負い目もあって抵抗はせずに、全身を隈なく愛される。

「は……あぁ、……んっ」

普段よりも性急に双丘を愛撫され、秘めた箇所を指で探られる。蕩けた蜜を指で拾われ、その妖艶な眼差しに肌が粟立った。

そんな風にされたら……おかしくなっちゃ……う。

胸の先端を舌で飴玉のように転がされ、不埒な指にも肌が痺れる。

巧みな指使いと口づけの愛撫はやまない。帝王切開の傷痕は優しく、肌を伝う唇は滑らかに下腹部へと向かう。

猛烈に身悶え、蕩けた表情で首を左右に振った。

「や……ぁ、そこっ……」

「ああ、ここが好きだよな」

違う、それ以上したら駄目なのに……。

くちゅっと淫靡に急所を突かれたらもう、嬌声が止まらない。

甘美な雨を降らされて身体はぐずぐずに蕩けきった。そして長い愛撫の果てに、彼は妖艶な微笑を湛える。

「春菜、今夜は一段と綺麗だ」

「んっ……」

敏感になりすぎて、もはや胸の蕾に吐息がかかるだけで感じる。

腿の付け根から甘いシロップのような蜜がたらっと滴り、全身が焼かれたように熱い。羞恥を隠して私はもじもじと返答した。

「そんなこと……」

育児の手が増えたからだろう。

東京に来て体重が少しだけ増えた。だから気のせいだと思うのに、彼は否定しかけた私を言い窘める。

「そうかな。いつもより感じやすいし、俺の想像よりもずっと色っぽい」

「湊士さん、想像って……」

「俺も男だからね」

いかなる時も理知的な彼が照れ臭そう。

年上の彼に失礼とは思うが、耳をやや染めた姿に愛おしさを覚えた。

胸が幸福で満たされるのを実感する。

神が捧げるそれに限りがあるなら、私はきっともらいすぎだ。

誰に大袈裟と思われようが、胸の鼓動が幸せの音色を奏でた。

雄々しい漲りがあてがわれ、やがて激しい水音を撒き散らす。欲望の象徴を最奥で誇示されたら、喜びに全身が打たれた。

「……ぁ、湊士さ……」

「春菜、愛してる」

一度は悲しい別れを選択した。

離れていた空白を埋めるように幾度も愛され、それでも彼を欲しがる。

温かな坑道をかき混ぜられ、つい逞しい身体にしがみついた。

「湊士さん、私も……愛してます」

それが煽りを誘ったのか、ぐいっと腰を掴まれる。勢いそのままに逞しい膝に乗せられ、甘い陶酔の渦に呑まれた。

彼の口づけはひたすらに優しい。腰をかき抱かれ、そのうちに律動が激しさを増す。

小さく呻いた彼が愛の証を放ち、快楽に翻弄されるまま高みへと導かれた。

エピローグ《湊士SIDE》

桜が見頃を迎えた四月、春菜を妻に迎えて一年が過ぎた。

凪ぐ風が心地よい日曜の午後、辰樹さんが安らかに眠る墓地まで足を運ぶ。

辰樹さん、颯士と菜々美も大きくなりましたよ。

子供達は四歳になった。墓前で手を合わせる俺を真似て、ふたりは元気に報告をし始める。

「颯士、四歳になったよ！」

「菜々美も！」

「僕、ピーマン食べられる！」

「菜々美はぺっぺしちゃう！」

なぜか得意げな娘の姿に、春菜からクスッと笑いが落ちた。

「菜々美も食べられるようになろうね」

「菜々美、食べられるもん」

菜々美がぷうっと頬を丸める傍らで、颯士がふるふると首を振った。

「菜々美、ごっくんしてないでしょ」

「噛み噛みしてるもん！」

自我が芽生えたのか、最近はふたりでよく張り合う。自己主張は成長の証だが、このままだと小競り合いが勃発しそうだ。

ああ、これはまずいな。

喧嘩の気配を感じ取った矢先、俺よりも先に春菜が動いた。

「ねえ、お水を汲みに行かない？　じいじを綺麗綺麗してあげよう」

ここには何度も家族で来ている。子供達は墓石の水洗いが大好きだ。春菜もそれを心得ており、子供達の気を上手く逸らした。

「菜々美、スポンジでゴシゴシする！」

「颯士は、ぞーきんで拭き拭き！」

「それじゃあ行こうか」

春菜が子供達を促すのを見て、俺は笑顔でそれを制した。

「俺が行く。春菜は辰樹さんとゆっくり話したらいい」

きっと積もる話があるだろうから……。

三日前、春菜宛に便りが届いた。刑務所にいる柳原からの手紙だ。

これまで手紙は何通も届いたが、春菜はまだ一度も開封していなかった。

柳原の弁護士によれば彼女は模範囚らしい。辰樹さんの思いに目を通した後、彼女は取り調べに素直に応じた。

犯行動機はやはり辰樹さんへの逆恨み。自棄になった彼女の単独行動で組織の再活動ではなかった。

だから手紙も謝罪の内容だが、春菜は読む気になれないみたいだ。本心を明かさないが、俺と子供達のために許せないのだと思う。

あの事件がなければ俺はもっと早く父親になれた。

子供達も家族四人の生活を過ごせた。

考えるほどに柳原を許せない。だが、辰樹さんは彼女の更生を望んだ。それならいい加減に許すべきじゃないか。

そんな心の揺らぎを彼女から感じて『墓参りに行こう』と今日は誘った。

「私、意地悪ですよね。いつまでも根に持って……」

「辰樹さんはそんな風には思わない。もちろん俺もだ」

声を沈める彼女の肩をそっと抱く。すると、真下から強い視線を感じた。

「まま、意地悪じゃないよ」

颯士が先陣をきると、菜々美も続いて声を張る。

「まま、優しいよ！」

ふたりは言うなり、母親の腰にぎゅっと腕を回す。それを春菜は優しく受け止めた。

「ありがとう……」と瞳に涙を光らせた。


三十分後、俺達家族はふたつに別れて駅へ向かう。

なぜなら颯士と菜々美が『競争する！』と言い出したからだ。

駅までは徒歩で五分程度だ。俺は颯士、春菜は菜々美と、それぞれ別れて歩き出した。

「ぱぱ、ぜっーたい勝てるよ！」

「ああ、もちろんだ」

自信ありげな颯士に頷くが、適当に話を合わせたわけじゃない。

こちらのルートが駅までの最短だし、この勝負はもらったな。

夕日に色づく道路に影を伸ばし、俺は紅葉みたいな手を握る。

颯士と手を繋いで歩き、しばらくして駅に到着すると勝負の行方は俺の予想通りになった。

「僕とぱぱの勝ちー」

「やったな、颯士」

人で賑わう駅のロータリーに女性陣の姿はない。

ふたりで両手を合わせて喜んだが、そのうちに颯士はしょんぼりし出した。

「遅いね」

「そうだな」

あちらのふたりは明らかに遠回りだ。

到着までまだかかるだろうと思った矢先、ツンッと服の袖を引っ張られた。

「ちゃんと会える？」

不安げな颯士はいまにも泣きそうだ。

競争なんてやめればよかったと面持ちには悔いまで窺えた。だから颯士の脇の下に手を回して抱き上げてやる。

「ああ」

「本当？」

「ママと菜々美は頑張り屋さんだろう？　どれだけ遠回りをしても『絶対にゴールす

る』って諦めない。だからふたりを信じよう」
そうだな。俺もよく頑張った……。
絶望を味わったが、春菜を諦める選択はなかった。
人生は選択の連続だ。
それは朝の起床からすでに始まる。
袖を通す服、口にする食べ物。そして仕事の帰りに寄り道をするか等々。
些細な選択が思わぬ未来に繋がる。
あの日、俺は傘を持たなかった。そして最愛の彼女と出会えた。
『善意の連鎖、いい言葉ですね。そうやって世の中がよくなるといいです』
青臭い説教を垂れたら彼女の顔に光が差した。
可能性は無限にある。
選択の数だけ未来は開き、奇跡を手繰り寄せるのは自分自身だ。
まだ幼い背中を擦ると、俺の腕の中で颯士が弾むように言う。
「僕、信じる。いーっぱい信じるよ」

「ああ」

頷くのと同時に柔らかな風が吹く。

頬を撫でる春風に髪を揺らしたら、雑踏に紛れる愛しいふたりを見つけた。

【END】

あとがき

こんにちは、逢咲《おうさき》みさきと申します。

マーマレード文庫様で二冊目となる今回は『職業ヒーロー』作品となりました。

ヒーローの湊士には警察官の理想像とスパダリ要素を詰め込み、クールで甘党な有馬も登場します。

終盤の未遂事件は『黒ずくめの〜』のヒントから結末を予想された方もいらっしゃるでしょうか？（笑）。タイプが違うふたりの活躍もお楽しみいただけていたら嬉しいです。


さて物語では、幾多の出会いとすれ違いが発生しました。

ひとつの言葉に救われたり、思わぬ恨みを買ったり。

予想外の悪意に遭遇した時、味方の存在は心強いだろうと思いつつ執筆をしました。

ヒロインの春菜にはそれがあり、事件を起こした人物にはなかった。

作品からの抜粋ですが、家族や友人、漫画のヒーローのカッコいい生き様、美味しい料理のレシピ等々。健やかな日々を過ごすために、ひとつでも多く出会えていたらなあと残念に思います。

最後になりますが、刊行にあたりご尽力いただいた皆様、『あとがき』までお付き合いくださった読者の皆様に、心からの感謝を申し上げます。

九月刊行ですが、まだまだ猛暑でしょうか。どうかご自愛ください。

皆様が健やかに過ごせますよう、味方となる心のサポーターと沢山出会えますように。

またご縁があり、お会いできれば幸いです。

逢咲みさき

m a r m a l a d e b u n k o

君に触れていい男は俺だけだ

ISBN 978-4-596-77100-1

跡継ぎをお望みの財閥社長は、
初心な懐妊妻に抑えきれない深愛を注ぎ尽くす

逢咲みさき

奈緒には長年、SNSでだけ交流する恩人がいた。その正体は、ある日出会った美麗な御曹司・遼真で…!?　しかも奈緒は幼少期に彼の許嫁に選ばれていたが、記憶を失っていたことが発覚。空白の時間を埋めるように「俺のそばにいてくれ」と熱く求められ、名家のしきたりに従って初夜を迎え!?　さらに我が子を宿した奈緒に、遼真の寵愛は増すばかりで…！
本作品はWeb上で発表された『相愛婚―今夜、極上社長に甘く独占され結婚します―』および『今夜、名家の社長に甘く独占され結婚します』に、大幅に加筆・修正を加え改題したものです。

甘くてほろ苦い。キュンとする恋♥　マーマレード文庫　定価 本体650円 +税

m a r m a l a d e b u n k o

S系ドクターは
癒し系ナースに最愛を注ぐ――

ISBN978-4-596-96126-6

極甘一途なかりそめ婚

～私にだけ塩対応の天才外科医が熱愛旦那様になりました～　望月沙菜

家族の借金を返すため、健気に働く看護師・唯。ある事情で高級クラブのホステスを務めた際、なぜか自分にだけ冷たい外科医・廉斗と遭遇してしまう。慌てる唯に、彼は借金の肩代わりにと結婚を提案し…!?　しかも、かりそめの新婚生活では、ただの契約婚のはずが、廉斗が予想外の甘さを見せ始める。止まらない愛に蕩けた唯は、身も心も彼に捧げて…。

甘くてほろ苦い。キュンとする恋♥　マーマレード文庫　定価 本体650円 + 税

marmaladebunko

どんな手を使っても、
俺のものにしたかった

天敵御曹司は
一夜限りのはずが、
カタブツ秘書は仕組まれた
溺愛から逃げられない
愛を知らない
偽婚約者を囲い堕とす
Kurumi Tasaki
田崎くるみ
Cover illust
天路ゆうつづ
マーマレード文庫

ISBN978-4-596-96120-4

天敵御曹司は愛を知らない偽婚約者を囲い堕とす

〜一夜限りのはずが、カタブツ秘書は仕組まれた溺愛から逃げられない〜 田崎くるみ

大企業の秘書で真面目すぎる愛実は、素直になれないのが悩み。でもバーで会った男性・優馬には自然と心を許し、そのまま一夜を過ごしてしまう。ところが、彼はライバル会社の御曹司と判明！その上、ワンナイトを秘密にする交換条件は、彼の偽婚約者になることで──「たっぷり愛してやるから」嘘の関係なのに、あまりに甘く囁く彼に翻弄され……！

甘くてほろ苦い。キュンとする恋♥ マーマレード文庫 定価 本体650円 ＋税

marmaladebunko

再会したらシークレットベビーごと
愛し包まれて

ISBN978-4-596-77802-4

秘密で出産した娘が恋する王子様は、私を迎えに来た初恋の御曹司でした
～極上パパは一途な溺愛の手を緩めない～
森田あひる

一人で娘を育てる澄香はある日、五年前に身を引いた初恋の相手・透真と再会する。しかも娘の由亜は彼にひと目惚れ！　由亜が透真の子だと知られてはいけないのに、彼は由亜の理想の"王子様"として振る舞うだけでなく、澄香へも熱く愛を注いでくる。「俺は澄香だけをずっと愛していた」激しく迫られ、封印したはずの好きという気持ちが溢れてしまい――。

甘くてほろ苦い。キュンとする恋♥　マーマレード文庫　定価 本体670円 + 税

m a r m a l a d e b u n k o

パイロットになった彼に
再会したら、即結婚!?

ISBN978-4-596-77776-8

孤高の俺様パイロットは、
取り戻した契約妻への六年越しの激愛を隠さない　結城ひなた

突如、両親を事故で失った結衣。家の借金も発覚し、途方に暮れる彼女の前に現れたのは、副操縦士になった元カレ・陽翔だった。結婚を急いでいるという彼の提案で、期間限定の夫婦になった結衣だが、待っていたのは、昔よりも溺愛を隠さない彼との新婚生活で!?「俺の妻は、世界一かわいい」――契約関係なのに、離れがたいほど陽翔に甘く揺さぶられていき…！

甘くてほろ苦い。キュンとする恋♥　マーマレード文庫　定価 本体650円 + 税

ファンレターの宛先

マーマレード文庫をお買い上げいただきありがとうございます。
この作品を読んでのご意見・ご感想をお聞かせください。

宛先
〒100-0004　東京都千代田区大手町1-5-1
大手町ファーストスクエア イーストタワー19階
株式会社ハーパーコリンズ・ジャパン　マーマレード文庫編集部
逢咲みさき先生

マーマレード文庫特製壁紙プレゼント!

読者アンケートにお答えいただいた方全員に、表紙イラストの
特製 PC 用・スマートフォン用壁紙をプレゼントします。

詳細はマーマレード文庫サイトをご覧ください!!
公式サイト
@marmaladebunko
SNSもチェック!

marmaladebunko

原・稿・大・募・集

マーマレード文庫では
大人の女性のための恋愛小説を募集しております。

優秀な作品は当社より文庫として刊行いたします。
また、将来性のある方には編集者が担当につき、個別に指導いたします。

募集作品
男女の恋愛が描かれたオリジナルロマンス小説(二次創作は不可)。
商業未発表であれば、同人誌・Web上で発表済みの作品でも応募可能です。

応募資格
年齢性別プロアマ問いません。

応募要項
・パソコンもしくはワープロ機器を使用した原稿に限ります。
・原稿はA4判の用紙を横にして、縦書きで40字×32行で130枚～150枚。
・用紙の1枚目に以下の項目を記入してください。
①作品名(ふりがな)/②作家名(ふりがな)/③本名(ふりがな)
④年齢職業/⑤連絡先(郵便番号・住所・電話番号)/⑥メールアドレス/⑦略歴(他紙応募歴等)/⑧サイトURL(なければ省略)
・用紙の2枚目に800字程度のあらすじを付けてください。
・プリントアウトした作品原稿には必ず通し番号を入れ、右上をクリップなどで綴じてください。
・商業誌経験のある方は見本誌をお送りいただけるとわかりやすいです。

注意事項
・お送りいただいた原稿は返却いたしません。あらかじめご了承ください。
・応募方法は必ず印刷されたものをお送りください。
CD-Rなどのデータのみの応募はお断りいたします。
・採用された方のみ担当者よりご連絡いたします。選考経過・審査結果についてのお問い合わせには応じられませんのでご了承ください。

m a r m a l a d e b u n k o

応募先
〒100-0004 東京都千代田区大手町1-5-1 大手町ファーストスクエア イーストタワー19階
株式会社ハーパーコリンズ・ジャパン「マーマレード文庫作品募集」係

ご質問はこちらまで E-Mail / marmalade_label@harpercollins.co.jp

marmalade bunko
マーマレード文庫

エリート警視正と再会を果たしたら、内緒の双子ごと迸る独占愛で包まれました

2024年9月15日　第1刷発行　定価はカバーに表示してあります

著者　逢咲みさき　©MISAKI OHSAKI 2024
編集　株式会社エースクリエイター
発行人　鈴木幸辰
発行所　株式会社ハーパーコリンズ・ジャパン
東京都千代田区大手町1-5-1
電話　04-2951-2000（注文）
0570-008091（読者サービス係）
印刷・製本　中央精版印刷株式会社

Printed in Japan ©K.K. HarperCollins Japan 2024
ISBN-978-4-596-77804-8

m a r m a l a d e b u n k o